今宵、ロレンツィ家で甘美なる忠誠を

恋のはじまりは銃声から

深見アキ

ビーズログ文庫

Contents

Tonight, sweet loyalty at the Lorenzi family
[The beginning of love is from the gunshot]

今宵、ロレンツィ家で
甘美なる忠誠を

［アルバート・ロレンツィ］

カルディア島を
代々守るマフィア、
ロレンツィ家の
若きボス。

［リタ］

伝説の黄金瞳（オーロ）の持ち主。
過去のトラウマで声を失っている。
アルバートに買われて
ロレンツィ家へ。

人物紹介 〈Characters〉

エミリオ

アルバートの右腕であり
兄貴的存在。
怖そうな見た目だが、
明るくて面倒見もいい。

グレゴリオ・ロレンツィ

アルバートの祖父。
今はアルバートに
ファミリーのことを
一任しており
隠居生活を満喫している。

マーサ

ロレンツィ家の
お世話係。
ファミリーの
お母さん的存在。

ステファノ

医師。
黄金瞳の研究を
している。

ミレーナ

船舶会社の娘で
アルバートを
慕っている。

イラスト／冬臣

混沌の街に潜伏させていた諜報員からの一報は、青年の興味を強く引いた。

薄く暮れはじめた窓の外からは、甘く、爽やかなレモンの花の香りがする。心地よい風がカーテンを揺らし、アンティークの家具で埋め尽くされた執務室に初夏の訪れを告げていた。

執務机の上にはランプが灯され、一枚の報告書を照らす。

日時と場所。とある人物の身体的特徴。

ほんの数行足らずの内容に何度も視線を走らせた青年は、やがて机の横に置かれた受話器を持ち上げた。美しい微笑みを口元に浮かべ、自分よりも年嵩の通話相手に向かって朗らかな声を出す。

「――ああ、どうも。大至急、ネザリエ行きの往復の船を押さえてもらえるかな。ええ、もちろん今すぐです」

友好的な、しかし拒否することを許さない口調に、通話相手の答えは「Ｓｉ」一択だ。

ちょうどそのタイミングで部屋の扉がノックされ、呼び出しておいた腹心が顔を出す。

慌ただしい夜が幕を開けようとしていた。

1 銃声響く逃亡劇

お腹が空いたな、と思った。

舞台の上で泣いて助けを求める女性を見ながら、リタは縛られた両手で空っぽの腹をさすった。

人買いに捕まってから——つまり、この二日ほど水しか与えられていないのだから、お腹が空くのは道理だ。あと数分後にはリタも同じように舞台に立たされ、競りにかけられるというのに、そんな感情しか湧いてこない。

(だって、抵抗したって逃げられない)

拘束は両の手首にかけられた麻縄だけ。けれど、連れてこられてすぐに逃げようとした少年が捕まり、見せしめのように手酷く痛めつけられた。

一方的で容赦のない暴力は、奴隷たちの反逆の意志を潰えさせるにはじゅうぶんだ。逃げようとしたら同じ目に合わされる。二人目の逃亡者は現れなかった。

すすり泣きが響くバックヤードとは反対に、舞台の上では調子はずれな声で笑いをとっている司会役が競りを進めていく。

――ここは闇市のひとつ。人身売買のために開かれる非合法な奴隷市場。

客席は、互いの顔がぎりぎり見えない程度に明かりを落としてあった。

地下につくられたフロアには丸テーブルが並べられ、紳士ぶった客たちは酒や煙草を片手に座っている。換気が悪く、バックヤードにまで煙草の匂いが充満していた。

彼らの視線の先は舞台の上。一人ずつ舞台に上げられていく「商品」たちを、司会役が競りにかけていくところだ。

男はいかに従順に働き、女は性的に役立つか。

耳を塞ぎたくなるような下品な説明に、客は大げさなほど笑い、野次を飛ばす。

……助けてと叫んだところで意味がないことをリタは悟っていた。

誰も、助けてはくれない。

泣いて同情を乞うてみたって、彼らは誰かを馬鹿にしたいだけ。揚げ足をとって笑いものにしたいだけ。それに、リタは声を出すことができないのだ。助けを求めようがない。

だからリタは、嵐のような時間が過ぎるのをただじっと待つ。

出せない声を噛み殺して、縮こまって、息を潜めて。

きっと、これから先も、こういう生き方はずっと——変わらない。

「さぁ、お次は本日の目玉。世にも珍しいオッドアイの娘です！」

出ろ、と見張り役の男に背中を突き飛ばされる。舞台上にまろび出ると、足を縺れさせて転んだ。どっと笑い声が起きる。悪意のある声にうつむけば、ぼろぼろの服や靴、十六歳にしては小柄で痩せた身体が視界に入った。

「ほら、立て」

司会役は乱暴にリタを立たせると、スポットライトに照らされる舞台の中ほどに引きずっていき、顔を隠すように伸ばしていた前髪をかき上げた。

あらわになった二つの色。

栗色の髪に隠されていた瞳に、客たちの無遠慮な視線が突き刺さる。

「ごらんください！　右は黄金、左は緑！　今はもう失われた、黄金の瞳を持つ娘です！」

おお、と低いどよめきが上がった。

「黄金瞳だ！　はじめて見たぞ！」

「こいつは珍しい。本物か？」

「もちろん、本物の黄金瞳ですとも！　しかもこの娘、口がきけないのでご主人さまに従順に仕えることができます！」

「喋れねえ黄金瞳か！　聖職者相手に高く売れそうだなァ」

客席が沸いたが、リタはそのさまを他人事のように見ていた。

（黄金瞳……。ここに来てから、ずっとそう言われてる。そんなに珍しいの？　この、変な色が……）

左右の瞳の色が違う人間というのはごく稀に生まれるらしいが、リタの家族は全員緑色の瞳。故郷の村にも黄金色の瞳の人間などおらず、気味が悪いと言われ続けていた。

異質な瞳は、周囲の人間を不愉快にさせるらしい。

変だ。変な色。変な瞳。

言われるたびに傷ついていた瞳に、見ず知らずの他人が金を掛けていく。

（わたしなんか、なんの価値もないのに）

投げやりな気持ちでそう思う。

（……どんな相手に買われたって、ろくな人じゃない。せめて、ご飯くらいはきちんと食べさせてくれる人がいいな。餓死するのは辛いもの……）

客席の天井に溜まっていく紫煙をぼうっと見つめていたリタだが、「今日一番の競り合いだ！」と司会役が声を張り上げたのには驚いた。最終的には二者の争いになっているらしく、とんでもない額が自分につけられている。

吊り上げられた値段が打ち止めになりかけた時、

「——二千万！」

響き渡った大声は、最高金額の倍近い額だった。

競り合っていた二者ではない。会場の後ろで上がった声に客たちは振り返った。立ち上がった二人組の男が、客席の間を縫うように舞台の方へと歩いてくる。

一人はがっしりとした長身の体躯にダークスーツを纏い、濃く伸びた髭と茶褐色の髪が一体化した顔の男だ。男はずかずかと大股で舞台に上がった。手にぶら下げているのは銀色のジュラルミンケース。

もう一人は、こんな場所に似つかわしくない、上品な身なりの若者だった。糊の効いた白いシャツにグレンチェックのベストを合わせ、タイピンには一粒の宝石がきらりと光る。彼は目深に被ったハンチング帽を軽く上げると、いたずらっぽい微笑みを浮かべた。お忍びでやってきた良家の子息のような、高貴で整った顔立ちだ。周りの注目を浴びているのに怯む様子はなく、悠々とした態度で舞台に上がる。

髭男がジュラルミンケースを開けると、帯付きの札束が整然と詰められていた。

舞台上も客席もしんと静まり返る。

「二千万ある。数えてくれていいぞ？」

「にっ⁉　……こ、これ以上の金額はいらっしゃいませんね？」

予想外の額に、司会役が上ずった声で落札を宣言した。客席からのどよめきとブーイングの声は同じくらい。……これで、リタは彼らに買われた、ということになるらしい。

ハンチング帽の青年が折り畳みナイフを取り出し、リタの手首の縄を切ってくれる。

目が合うと、彼はにっこりと笑った。

（……眩しい）

明るく爽やかな笑顔に見つめられると、自分の汚さが浮き彫りになるような気がして、リタは逃れるようにつま先に視線を落とす。

その耳元に、青年がスッと顔を近づけた。

「……きみ、走れる？」

内緒話でもするような甘い囁き。

どういう意味だろう……？　不思議に思いつつリタは頷く。

青年は微笑んだ。

「いい子だ。——ちゃんとついておいで！」

（え？）

ぐいっと手を掴まれる。と、同時に青年が走り出した。

青年に引きずられるような形で舞台の階段を駆け下りる。ガシャン、青年が蹴り倒した客席のグラスが割れる。テーブルがひっくり返る。戸惑いは怒号へ。誰かが声を張り上げた。

「待て！　そいつ、アルバート・ロレンツィだ！」

アルバート・ロレンツィ？

聞こえてきた名前を反芻する。それが、リタの手を引く青年の名前らしい。

フロアを抜けると、出入口の前に体格の良い男が立ちふさがった。男が懐の中身を探り出すよりも前に、リタとアルバートを追い抜かした髭男が飛びかかり、その横っ面を殴り飛ばす。殴られた男は昏倒した。髭男は勢いよく扉を開け放つ。

こもっていた煙草の煙が、ざあ、と夜の空気に逃げていった。

「急げ！」

二人から怒鳴られたリタは、外に繋がる階段を駆け上がった。

訳もわからず地上へ出る。雑然とした、薄暗い裏通りだ。息つく間もなくアルバートはリタの手を引いたまま走る。

「追え！　逃がすな！」

背後から聞こえる怒声と足音。

（ど、どこに行くの？　なんで追いかけられるの？）

混乱するリタの身体を、振り返ったアルバートが力いっぱい引き寄せた。

「っ！」

パン、という乾いた音を耳で捉えた時には、アルバートに抱きしめられるように石畳に転がっていた。「動かないで！」、身を固くするリタを抱いたまま、二転して近くの積荷に身を寄せる。外れたハンチング帽の下は、月明かりを弾く漆黒の髪。

呆然としているとすぐに身体を引っ張り起こされる。

アルバートの左肩が目に入り、リタは息を飲んだ。

（血、が）

ベストごと肩の部分が裂け、シャツに赤い染みが広がっていく。

（今の、銃？　なんで、どうして、撃たれ……っ）

ぐちゃぐちゃに混乱した思考をかき消すように、再び銃声が響いてリタは身をすくませた。道を挟んだ物陰に身を寄せた髭男が、背後に向かって銃の引き金を引いている。

追っ手に当たったのか、ぎゃあっと嫌な悲鳴が上がった。

「怪我は」

髭男がアルバートの肩を顎で示す。

「掠っただけだ。ここは任せる」

「ん。先に行ってろ」

　短いやり取りだけで、アルバートはリタを連れて狭い路地へ入った。

　聞こえてくる発砲音から遠ざかるように、アルバートは何度も道を折れる。リタはただ足を動かすしかない。だって、足を止めたら、捕まるか、殺されるかもしれないのだ。

——怖い。

　今さらながら恐怖がじわりと襲ってくる。

　舞台の上では他人事のようにしか感じられなかったのに、今、リタの身に降りかかっている危険はすべて現実だ。

　何もかもあきらめていた。

　捕まって、売られて、もうどうでもいいやとさえ思っていたのに、今さら——今さら、死ぬのは怖いと思った。震えるリタの手をアルバートがぎゅっと握る。

「奴らよりも先に港につきたい。女の子をエスコートするには気が引ける道だけど……」

　行き止まりにしか見えない場所で、アルバートはフェンスに手をかけた。ここを越えていくつもりらしい。

「登れる？」

　アルバートの背よりも高いくらいだが、登れなくはない。

頷きかけてリタは思いとどまった。

(でも、この人についていって大丈夫なの？)

さっき会ったばかりの素性の知れぬ相手。港に向かうということはおそらく船に乗る。この地とは違うところに連れていかれるということだ。

そんな迷いを見抜いたアルバートが、ダークグリーンの瞳をリタに向けた。

「……僕はきみを助けにきたんだ。信じて」

視線をずらすと、リタを庇ってくれたせいで撃たれた左肩が目に入る。

(この人を信じていいの？)

迷ったけれど、……信じたい、と覚悟を決める。

軋む金網に手をかけると、アルバートは安堵したようだった。長々と問答する時間が惜しいのだろう。怪我をしているとは思えないほど素早い動きでフェンスを乗り越え、リタもその後を慎重に、しかし急いで追いかける。

上部を跨いだリタに、下で待っているアルバートが右手を伸ばした。

「飛んで。大丈夫、ちゃんと支えるから」

伸ばされた手を取る。リタはフェンスを蹴った。

南から吹く潮風が、身体に残っていた煙草の匂いを吹き飛ばす。息苦しさに押しつぶされそうだった肺に新鮮な空気が入り、死にかけていた細胞ひとつひとつが目覚めていくようだ。未知なる世界に足を踏み出すリタの心がざわりと揺れる。

――わたしはここを出ていく。勇気を出して飛んだ身体は、思いのほか軽かった。

その身体を、アルバートが地上で支えてくれる。

「港まですぐだ。行こう」

再び駆け出したアルバートは、もうリタの手を引かなかった。引かなくても、リタが自分の足でついてくると確信したのだろう。

どうしてアルバートについていくのか、リタ自身もよくわからない。

買われたから？　助けてくれたから？　……それだけでは言い切れない。

抗えないような何かを感じて、リタは前を行く背中を必死に追いかけた。

港に着くと、ベンチに座っていたふくよかな女性が駆け寄ってきた。

ひとつにくくった茶髪に緑の瞳という、この国ではありふれた風貌の中年女性だ。旅支度をして大きめの鞄を持っているので、完全に港の空気に溶け込んでいる。

女性は心配そうに赤く染まったアルバートの左肩に視線を走らせた。

「アルバート様……、お怪我を？」

「たいしたことないよ。……マーサ、血を隠せるような上着はあったかな。それから、彼女にも何か羽織るものを」

「ジャケットを持ってきていますわ。さ、お嬢さんはこちらを」

母親のような年代の女性に優しく声をかけられ、リタの警戒心が少しだけ緩む。きれいな花柄のショールで汚れた服を隠し、ぼさぼさの髪をさっと整えられた。

ジャケットを着たアルバートは、荒事とは無縁そうな、上流階級の貴公子然とした佇まいでリタの肩を抱く。荷物を持った使用人風のマーサが後をついて歩けば、追われているような人間には見えなくなった。

「エミリオ坊ちゃんは？」

「適当に足止めしてもらってる。出港には間に合うように来るだろう」

マーサがポケットから一枚、アルバートが二枚。取り出した三枚のチケットを見せると、特に見とがめられることもなく乗船できた。

案内された客室には、クローゼットやソファ、テーブルが備えつけられており、さらに奥にドアが三つもある。寝室や洗面室つきらしい。かなり上等な客室だ。

ここはもう安全なのだろうか。

緊張と疲労で息も絶え絶えなリタは、絨毯の上にへたりこみそうだったが、

「……ふ、」

リタの肩を抱いているアルバートの身体が震える。

青い顔をしているリタの背中をぽんと叩くと、彼は大口を開けて笑い出した。

「ふふ、あはははは！　すごいね、なんだか駆け落ちでもしているみたいでゾクゾクしちゃったよ！」

（わ、笑ってる……っ？）

銃を持った人間に追いかけ回されたのに、アルバートはけろりとしている。殺されるんじゃないかと、リタは生きた心地がしなかったというのに……。

「笑い事じゃありませんよ。予定よりも遅かったので心配しました」

「いやー。だって奴ら、舞台に上がってもなかなか僕に気が付かないからさあ。末端の教育がなってないね。ごろつきばっかり寄せ集めているからなんだろうけど」

ひとしきり笑ったアルバートが乱れた前髪をかきあげ、リタの方に視線を移す。まともに目が合ってしまったリタは、慌てて下を向いた。

助けに来た、と言っていた。

あのときはとても誠実そうで、救いの手が差し伸べられたかのように思えたのに、「なかなかスリルがあって面白かったね」と笑う様はなんだか怖い。

「アルバート様。怪我は大丈夫なんですか？」

「うん。傷自体は縫うほど深くないと思う。手当ては自分でできるから、マーサはこの子の世話を。えーと……、まだ名前も聞いてないね」

　懐を探ったアルバートは、手帳と万年筆を取り出す。字は書ける？　と問われ、余白のページに《リタ》と名前を記した。

「リタ、か。よろしくね、リタ」


　顔を上げると、目の前にはナイフがあった。


（っ！）

　刀身が光る。リタは反射的に目を瞑（つぶ）った。

　前髪を引っ張られたかと思うと、ぶつりと刃物（はもの）が当たる音がする。解放された感覚に、おそるおそる目を開けると、顔を隠すように伸ばしていた前髪が切り取られていた。

「顔は隠さない方がいい。きみの瞳は魅力（みりょく）的だよ」

　良好になった視界いっぱいに、アルバートの甘くとろけるような笑顔。

　勝手にリタの髪を切ってしまったというのに悪びれるそぶりは全くない。リタは呆然としてしまった。

（この人は、いったい、何）

間違っても良家の子息なんかじゃない。

優しく微笑んだ顔で武器を出せるのがこの男の本質で、リタは——そんな相手に買われたのだ。人を怯(おび)えさせ、従わせることに慣れている、支配する側の人間に。

アルバートはナイフをしまったが、いつでもリタに切っ先を向けられると言われているような気がしてならない。

そこへ、先ほど別れた髭男が駆け込んできた。

「おーやべ、出港ギリギリ。間に合わねーかと思ったぜ」

髭男は大股でリタの横を通り過ぎ、どかっと勢いよくソファに座った。長身の体躯はソファに収まらず、投げ出すようにローテーブルに足をのせる。

「お行儀(ぎょうぎ)悪いですよ、エミリオ坊ちゃん」

「坊ちゃんはやめろって。いつも言ってんだろーが」

マーサのたしなめに、男が嫌そうに顔をしかめる。

彼が通ったあとに残る微(かす)かな硝煙(しょうえん)の匂い。年齢不詳(ねんれいふしょう)で体格も良く、いかにも荒事に慣れていそうな男に、リタは無意識のうちに身を固くしてしまう。

茶褐色の髪の奥、獰猛(どうもう)な獣(けもの)のような青い瞳がリタを捕(と)らえた。獲物(えもの)を見定めるような力強さは、どう見ても堅気(かたぎ)の人間には見えない。

顔を強張らせたままのリタの肩に、アルバートが手を置いた。

「……改めて、僕の名前はアルバート・ロレンツィ。それから、エミリオとマーサだ。僕たちはカルディア島から来たんだ」

（カルディア島……って、南にある島、よね）

リタはぎこちなく頷く。よくわかっていないと思われたのか、アルバートが手帳にレガリア共和国の地図を簡単に描いてくれた。

ブーツのような形をしたレガリア共和国は、国土のほとんどが海に面している。その、つま先部分にくっつくように位置しているのが、彼らの言うカルディア島だ。

「きみがさっきまでいたのはここ。レガリア本土の南西側、ネザリエ地区を取り仕切っている、ゼノン一味というギャング団の闇市だ。奴らはあちこちで人さらいをして金に換えているって噂でね。……あんなところに連れて行かれて怖かっただろう？」

（怖かった。けど……）

この人たちも危険な人間なのではないだろうか。

もう安心していいよ、と言われても、どうしていいかわからずに再びうつむく。すると、下を向いてばかりのリタの顎にアルバートの手がかけられた。

視線を合わせるように、ぐいっと上向かせられる。

「ようこそ、リタ。ロレンツィファミリーへ。ボスとしてきみを歓迎(かんげい)するよ。僕たちはカルディア島を守るマフィアで――」

底知れぬダークグリーンの瞳が細められ、彼は歓迎の言葉を口にする。

「きみは、僕の花嫁(はなよめ)になってもらうために買ったんだから」

マフィア。

それが犯罪組織をさす言葉だということはリタでも知っている。

暴力や密輸など、悪いことをしてお金を手にしている人たち。犯罪者。レガリア本土の新聞でも目にしていたし、世界のあちこちにも存在していたはずだ。

アルバートはその危険な犯罪組織のボスだと名乗った。

（お腹、空いていたはずなんだけどな……）

目の前に並べられた夕食の皿を見ながら、リタは肉汁(にくじゅう)をたっぷり吸ったポテトや付け合わせのニンジンを時間をかけて咀嚼(そしゃく)する。こんなに良い食事なんて初めてだ。多分、全部食べたら胃もたれを起こしてしまうだろう。

ナイフとフォークでちまちまと食事を口に運ぶリタに、

「おいっ、全然食ってねえじゃねえか！」

（ひっ！）

ハイペースで肉を平らげていくエミリオが凄んだ。

食べないのならよこせ、とか、俺たちの出した食事が食えねえのか！　と叱られるのかと思ったリタは、ちゃんと食べていますとアピールするために一生懸命に口を動かす。

エミリオはにっかり笑った。

「しっかり食えよ！　腹減ってるんだろ！」

（こ、怖い……）

一応、心配……というか励ましてくれているつもりらしいが、威圧感が強いので委縮してしまう。

リタを気にかけてくれるのはエミリオだけではない。

アルバートの指示で、リタの身なりはマーサによって綺麗に整えられていた。

身体を洗われ、アルバートが適当に切った前髪を揃え、ついでに枝毛だらけだった髪は肩の辺りで切られ、清潔なワンピースを与えられ——そしてこの食事だ。

マフィアだと名乗った彼らは、とても人道的にリタを扱ってくれている。

（いったい、何が目的なんだろう）

花嫁、と言われて、見初められたと自惚れるほど馬鹿じゃない。

アルバートの容姿と財力ならいくらでも女性は寄ってきそうなものだし、彼は相手に困っていなさそうだ。わざわざリタのような貧相な少女と結婚したいなんて、何か特殊な性癖でもあるのだろうか。

あれこれ聞きたい気持ちはあったが、紙とペンがないと訊ねることもできない。

ちらりと向かいに座るアルバートを窺うと、彼はとても優雅に微笑みを返した。

（……怪我、大丈夫なのかな……）

リタとマーサがバスルームにいる間に、アルバートは着替えを済ませていた。平然と食事をしているが、痛くないのだろうか。

視線を感じたらしいアルバートはワイングラスを傾ける。

「そんなに見つめられると穴が開きそうだよ」

くすっと扇情的に笑われて、リタは皿に視線を落とした。

「ははっ。あと数センチずれてたら、肩に穴開いてただろ」

エミリオが冗談を言う。笑えない冗談だ。

「僕は日頃の行いがいいからね。間一髪だったな」

「馬鹿なことおっしゃらないでください。手当てはちゃんとしたんですか」

「したよ。あーあ、あの服、仕立てたばっかりだったのに、たった一回着ただけで台無しにしてしまったな」

服の心配をするアルバートの感覚がリタにはわからない。冗談を言うエミリオの感覚も。これが彼らにとっての日常なのだろうか。マーサだけは真っ当に怪我の心配をしていて、彼女の常識的な感覚に救われる。

「んなもん、また仕立てりゃいいじゃねえか。毎日スーツをとっかえひっかえ、よくやるぜ」

「きみみたいに、クローゼットの端から端まで全部同じスーツだったら、組み合わせには困らないだろうけど、それじゃあつまらないよ。……ねえ、リタ？　きみも女の子だから、おしゃれには興味があるだろう？」

そんなふうにリタに話を振りつつも、はじめから答えは期待していないのだろう。曖昧に頷けば話題は別のものへと逸れる。

島に新しくできたというリストランテの話や、有名人のゴシップ記事。

他愛のない話がさらさらと流れていく。おかげで、リタは質問に身構えることなく食事に集中することができた。……完璧なテーブルマナーで器用に食事をとるリタの手元を、アルバートがじっと見ていることには気がつかずに。

ワゴンを引いた給仕がテーブルを片付けて退出したあと、アルバートは再びリタに手帳を貸してくれた。

距離(きょり)があるテーブル席ではなく、場所をソファに移し、くだけた態度でグラスの準備をしている。不安そうなリタをリラックスさせるためか、アルバートが飲み物の栓(せん)を開けた。

「どうぞ。島の名産のリモンチェッロだよ」

カクテルグラスに注がれて手渡される。

正直、お腹がいっぱいで飲み物も遠慮(えんりょ)したいくらいだったが、爽やかなレモンの香りはリタの心を落ち着かせた。一口飲んでみるとさっぱりしていて、食後の口直しとして最適だ。

（おいしい……）

「口に合ったなら良かった」

肩の力が抜けたリタを見て、アルバートが微笑む。

「――ところできみは、黄金瞳についてどのくらい知っているの？」

さらりと問われ、リタは首を振った。

《何も知りません》

嘘(うそ)ではなく、本当に何も知らなかった。黄金瞳という言葉自体、あの闇市ではじめて耳にしたのだ。

《この瞳は珍しいから高値で売れるって、闇市にいた人たちが。そんなに珍しいんです

か？》

「うん、すごく珍しい。僕も実際に見るのははじめてだ。黄金瞳っていうのはね、カルディア島の先住民族が持っていたと言われている瞳なんだ」

カルディア島は、今はレガリア共和国に属しているものの、何度も他国の侵略を受けてきた歴史を持つ島だ。アルバートが言うには、そこに住まう先住民族たちは、美しい黄金色の瞳を持っていたらしい。

黄金は、富や権力を象徴する色。

時の権力者たちは美しい黄金の瞳を好み、彼らを捕らえて寵愛したのだという。

「黄金瞳を手に入れた者は覇者になるなんて言い伝えもできたらしいね。成功の証、手に入らないものはない。そんな象徴として世界各地に連れて行かれたそうだ。……まあ、幸運の象徴として祭り上げられたっていうのは表向きの話で、単に珍しい瞳だから、権力者が自分の箔付けのために奴隷にしたって方がしっくりくるかな」

捕らえて寵愛？　奴隷？

闇市でそんな対象として高値がつけられていたと知り、ぞっとした。

《今でも、そんなことが？》

「いいや。その黄金瞳は劣性遺伝なんだそうだ。黄金瞳同士の掛け合わせでしか生まれない。そのことに気づいた時にはもう手遅れで、黄金瞳は絶えたと言われているんだ」

そんな話、初めて聞いた。

両親はおろか、故郷の村人や、町の医者も知らなかったと思う。

「きみが知らなくてもおかしくはない。カルディア島民に伝わる民話というか、おとぎ話みたいなものだから」

余所者に気をつけろ、という教訓も込められているらしく、カルディア島では誰もが知っている話らしい。そして、そんな「おとぎ話」が一部の好事家や裏社会の人間に伝わり、珍しい容姿の人間が高額で売り買いされる要因になっているのだという。

(……待って。それじゃあ、わたしはそのカルディア島の先住民族の血を引いているってこと？)

しかし、リタは即座に心の中で呟いた。

(何かの間違いだわ)

アルバートの説明だと、黄金瞳は遺伝性。

リタの両親、あるいは親族にカルディア島の先住民族の血が入っていないといけないことになる。リタの両親の目の色は緑色だ。

こんな瞳のせいで母が不貞を疑われることもあったが、村にも、近隣の町にも、黄金色の瞳の人間なんて見たことがないと言われていた。もちろん、祖先がカルディア島民であったかどうか、知る由もない。

　アルバートは、リタが黄金瞳で間違いないという前提で話を続けた。

「ロレンツィ家はね、元々は、島を守る自警組織として立ち上げたのが成り立ちなんだ。侵略者と戦うために武器を手に取った、古くからカルディア島を守っている組織だ。ロレンツィ家を継ぐ僕と、黄金瞳のきみが結ばれたら、とっても素敵なことだと思わない？」

（……もし本当にわたしが先住民族の血を引いていたら、そうかもしれないけど……）

　アルバートが欲しいのが先住民族の末裔なら、それを確かめる術はない。突然変異だとか、まったく関係のない可能性だってある。というか、そうに違いないとしか思えなかった。

《ごめんなさい。わたしは本当に何も知りません。この瞳があなたたちの言う黄金瞳なのかどうかさえ、わたしにはわからないし、喋れないし。あなたの奥さんなんて務まりそうにありません》

「きみは黄金瞳だよ」

　アルバートは断言した。

「喋れないことも僕はまったく気にしない。どう？　僕のこと、好きになれない？」

《どうして、わたしに……いえ、黄金瞳にこだわるんですか？》

「えーと……、一目惚れしたから？　うん、そう、一目惚れ。僕はその美しい瞳に一目惚れしたんだよ」

そんな馬鹿な。

一目惚れと連呼して無理矢理納得させようとしているようにしか思えない。あまりに白々しいセリフに、ときめくどころか、思いきり顔を引きつらせてしまった。

リタの表情を見たアルバートは肩をすくめる。

「そんな顔されると傷つくな。こういうロマンチックな展開の方が喜ぶかと思ったんだけど……まあいいか。だったら、もっと合理的な話をしよう」

リタが「一目惚れ」にときめくような夢見がちな少女だったら、そのまま押し通すつもりだったのだろうか。どう考えてもアルバートはリタに対して恋愛感情なんてないと思っていたが、やっぱり別の思惑があるらしい。

「僕はロレンツィ家の跡取りなんだけど、お節介なじいさん連中がさっさと結婚しろとうるさいんだ。僕の父は早くに亡くなっているし、きょうだいもいない。……持ち込まれる縁談に嫌気がさしてきていてね。そんな中、黄金瞳が——つまりきみが売りに出されるって情報を摑んだ」

「黄金瞳なら誰も反対しねえ。島民なら誰もが歓迎するし、自分の孫娘を差し出したくて仕方なかった古参のジジイ共も黙るだろうな」

エミリオがにやりと意地の悪そうな笑みを浮かべて補足する。

「そういうこと。だからきみが本物の黄金瞳じゃなくても、島民たちがそう思ってくれたらそれでいいんだ。別に血統書を見せて回らないといけないわけじゃないしね。僕はきみの衣食住を保証する。きみは僕の花嫁として振る舞う。……ね、利害が一致した、悪くない話だろう？」

先ほどとは違う、あけすけな物言い。

手の内を見せた方がすんなり頷くと判断されたのだ。実際、いきなり好きだとか一目惚れだとか言われても信じられないが、はっきり利害関係だと言い切られた方がましだった。

《あなたと結婚して、マフィアの仲間になるんですか？》

「いいや。妻だからといって危険なことに巻き込むつもりはないよ。しばらくは婚約者として僕たちの屋敷で暮らしてもらうことになるけれど、島民たちへの顔見せを済ませれば、どこか静かな所で暮らせるように手配しよう」

時々顔を見に行くよ、とアルバートは微笑む。

愛のない結婚だ。とてもわかりやすい。

とりあえず妻の席に誰かを座らせておきたいだけで、ひょっとしたら、アルバートには恋人がいるのかもしれない。あるいは、まだ独身のまま遊びたいだけなのかも。

「それにね、きみのためでもある」

（？）

「闇市できみを買おうとしていた人間は大勢いただろう？　ああいう連中に買われて、見世物のようにされたり、虐待されたりして暮らしたいかい？　ロレンツィ家の庇護下に入れば、きみの命はちゃんと守るよ」

（……そうしたら、怯えて暮らさなくても済む？　捕まる心配や、食事の心配もしなくてよくなる……？）

「大人しくしていてくれれば、不自由のない暮らしができる」

言いくるめるような言葉だったが、リタに反論する気持ちは起こらなかった。

お金で買ったリタのことを暴力で従わせることもできるだろうが、アルバートはそうしなかった。リタの意志を、一応は尊重してくれている。

どのみち嫌だと言ったところで、リタには行くところも、返す金の当てもない。選択肢なんて無いも同然だった。

《わかりました、あなたの言うとおりにします》

「受け入れてくれて嬉しいよ」

断られるとは微塵も思っていなかったであろう笑顔でアルバートが頷いた。

「ああ、それから、筆談をするのに敬語は必要ない。僕のこともアルバートと呼び捨てで構わないよ。いちいち敬称をつけて書くのは面倒だろう」

そのほうがやり取りもスムーズだ。リタは頷いてアルバートに手帳を返した。

「明日にはカルディア島につく。今夜はゆっくり休むといい。……マーサ」

「はい。さ、リタ。寝室に行きましょう」

マーサに続いて立ち上がる。

なんだか足元がふらつくし、頭がぼうっとした。

疲れているせいで具合が悪くなったのかと思ったが、自分の吐息に僅かにアルコールの匂いが混じっている。

（……リモンチェッロってジュースじゃなくてお酒だったんだ。……もしかしたら、食事の時に飲んだ飲み物もお酒……？　なんだかすごく眠い……）

促されるままベッドに入るリタに、マーサがブランケットをかけてくれた。

「疲れたでしょう？　安心して、ゆっくり寝てちょうだいね」

（安心して……。安心して、いいのかな）

扉の向こうには、銃やナイフを持った人がいる。

初対面の相手の前で眠るなんて危険なのかもしれないと思ったけれど、張り詰めていた心は、食事と酒によって完全にほぐされてしまっていた。

（このまま大人しくしていれば、わたしは静かに暮らせるんだ）

それでいいじゃないか、と疲れ切ったリタの心が自分を諭す。

（たとえ相手がマフィアでも、もう、なんだっていいや……）

考えることを放棄して、リタは意識を手放す。清潔で柔らかいシーツの海はあっという間にリタを眠りの世界に連れていった。


「警戒していた割に、あっさり頷いたな」

　マーサとリタを下がらせた後、サイドボードの酒瓶に手を伸ばしたエミリオが笑う。馴染みの船舶会社は気を利かせたようで、質のいい酒が用意されていた。

　リモンチェッロは飲み口は軽いが、アルコール度数はそれなりに高い。

　疲れているだろうリタが眠るにはちょうどいい酒だが、エミリオには物足りなかったのだろう。グラスを出したエミリオは、琥珀色の液体を二人分注いだ。

「俺、もっとごねるかと思ってたわ。マフィアなんて嫌だとか怖いとかさあ。なんかもっと色々あるだろ。ビビる要素が」

「今まで、あまりいい扱いを受けてこなかったみたいだね。感情に乏しい子だ。まあ、話が早くて助かったけど」

「なんつーか、達観してるっつーか、淡々としてるっつーか……。喋んねえからそう見えるのかもしれねえけど」

　エミリオが頬をぽりぽり掻く。

事前の情報では喋れないということはわからなかったが、アルバートにとってはかえって都合が良かった。口の堅い、秘密を守れる人間は大歓迎だ。

「気がついた？　彼女、きちんとマナーの教育を受けているね」

「あ？　あー、なんかちまちまメシ食ってると思ったけど」

「ゼノンたちは片田舎で拾ったと説明していたけれど、田舎暮らしじゃまともに学校に行けるかも危ういだろう？　教養なんてなくて当たり前だと思っていたけれど、彼女はきちんと身につけている。不思議な子だね」

慣れない環境だというのにごく自然に食事ができるのは、本で読んだだけの知識ではなく、きちんと実践する機会があったのだろう。おどおどとして下ばかり向いているが、姿勢は悪くないし、所作もきれいだ。

迫害された者特有の怯えた仕草と、美しい身のこなしのアンバランスさ。

育ってきた背景が見えず、黄金瞳とも相まって、現実離れしたような印象を与える子だ。

「……調べるか？」

エミリオは目をすがめて問うたが、

「いや、いい。興味はあるけど、別に何か隠しているわけでもなさそうだし」

アルバートにとっては、礼儀作法の勉強をさせる必要がなさそうで手間が省けた、という程度だ。もとより、アルバートは自分の結婚相手に興味がない。

グラスに口をつけると本題に入った。

「……それで？　あの後、ゼノンたちはどうしたんだ？」

「あー……撒くのが面倒になって何人か殺った。港近くまで追ってきてたけど、さすがに船には手出しできねーだろうからな」

「まあ、たった三人で乗り込んできたとは思わないだろうしね」

この船はロレンツィ家の息がかかっている。いくら頭に血が上っているとはいえ、無策で船の中までは追ってこられないだろう。ロレンツィ家側が味方を大勢船に待機させている可能性があると考えるからだ。

だが、ネザリエ地区を仕切っているゼノン一味の縄張りに、敵対するロレンツィ家が現れ、派手に騒ぎを起こしたとあっては黙ってはいないはず。

おそらく、別の方法でカルディア島まで追ってくることは簡単に予想できる。

「陸路の方は？」

「見張らせてる。カルディアに入ってきても見逃していいんだろ」

「ああ。しばらく泳がせておけ。一匹ずつ仕留めるより、数が揃ってからの方が効率がいい」

淡々と話すアルバートのグラスに、エミリオが追加で酒を注ぐ。にやにや笑いでカチンとグラスを合わせられた。

「鼠捕りが終わったら盛大な婚約パーティでも開こうぜ。我らがボスの年貢の納め時だ」

「……そうやって笑ってられるのも今のうちだよ。僕が結婚したら、次はこぞってきみの方に縁談が行くと思うけど」

矛先が自分に向くことを想像したのか、エミリオは苦いものを飲むように酒を流し込んだ。

「俺はジジイ共の孫娘なんかとくっつくのはごめんだぞ」

「じゃ、そうなる前に、きみもどこかで調達してくるんだね」

戸惑いと警戒心が滲んだ少女の顔を思い浮かべて、アルバートは優雅にグラスを傾ける。

アルバートが求めているのは、従順で、貞淑で、たとえ警察が訪ねて来てもファミリーにとって不都合なことを喋らない結婚相手だ。口がきけないリタはまさしくアルバートの理想の結婚相手と言える。

大人しく言うことを聞いていれば生活の保証をしてやるのだから、リタにとっても悪い話ではあるまい。

（さて、どうしたものかな）

色恋も、謀略も。

相手の思惑を読み、騙し、罠にかけるのは、アルバートにとってはどちらも大差のないことだ。

2　口説き文句か、脅し文句か

——リタちゃんの目、変なの！　呪われた目だ！

（……っ！）

目覚めたリタは、咄嗟に顔を隠そうと前髪に手を伸ばし——そういえば、昨日アルバートによって切られたのだったと思い出した。

何も掴めず、中途半端に上がった手を力無く下ろす。

子どもの頃の夢を見たのは久しぶりだ。闇市で大勢の人の目に晒されたことは、少なからずリタの精神にダメージを与えたらしい。

嫌な汗を拭って身体を起こすと、閉められたカーテンの隙間から日差しが漏れている。

隣のベッドは人が寝たような形跡があり、寝具はきちんと畳まれていた。マーサはもう起きているようだ。

（……これは、夢じゃないのよね）

闇市で買われたこと。走って、逃げて、マフィアたちと一緒にいること。

枕元には、これを着なさいと言わんばかりに黒いワンピースが置いてある。仕付け糸を取ったばかりのような真新しいワンピースは、袖を通すとリタには少し大きかった。

「おはよう、リタ。よく眠れた？」

客間に入ると、アルバートが爽やかな笑顔で迎えてくれた。

オーダーメイドらしき細身のスーツをさらりと着こなし、髪は整髪料を使って軽くセットしているという隙の無さ。対してエミリオの方は、髭もじゃでぼさぼさ髪、昨日と同じ黒いスーツだがネクタイは外し、ボタンをいくつも開けている。対照的な二人は、エスプレッソを片手にソファでくつろいでいた。

こっちにおいで、と手招きされて、リタはソファの端の方に浅く腰掛ける。

そんなリタとの距離を詰めてアルバートが寄ってきた。覗き込むように顔を寄せられ、ソファから転がり落ちそうになる。

「うん。昨日より顔色がいいね。安心したよ」

（ち、近い……！）

顔を見られるだけでも嫌なのに、すぐ隣に座られて、息をするのも苦しくなった。

男性に近づかれるのはおろか、他人との接触すらろくにしてこなかったリタだ。胸がどきどきするのは美形に接近されたことによるときめきではなく、昨日髪を切られたときのようにまた何かされるんじゃないかという警戒心からだ。

「リタ、ビスコッティは食べられそうかしら？　島につく前に軽くお腹に入れておいた方がいいわ」

唯一の救いはマーサだった。

もし、アルバートとエミリオだけだったらリタは部屋から出てこられなかったかもしれない。彼らの母親的な存在のマーサのことを、リタは無意識に頼ってしまっていた。

（でも、この人も、マフィアの仲間……なのよね……？）

彼女も武器を隠し持っていたりするのだろうか。この優しそうな女性が銃を撃っているところを想像する。……人間不信になりそうだ。

マーサが渡してくれたカフェラテに口をつけながら、リタはこれから暮らすことになるロレンツィ家のことを考える。大丈夫、大人しくして、じっとしていれば殺されたりはしないはず。何度も自分にそう言い聞かせ、身を縮こませてやり過ごした。

昼を過ぎた頃に、船は港に入った。

「ここがカルディア島の州都・セレーノだよ。いろんな文化が入ってくるから、レガリア本土とはまた少し趣が違うだろう？」

（すごい……、なんて活気のある港なんだろう）

大きな港だ。

波止場には貨物船が停泊しており、積み荷を降ろす乗組員たちの大声が聞こえてくる。近くでは何かを建設しているのか、ワイヤーが吊られた首の長い機械が見えた。

少々殺風景な港から街の方へと視線を移すと、美しく整備された通りが目に入る。

レガリア風の伝統的な白い漆喰の建物があるかと思えば、丸いドーム型の屋根に極彩色の模様が施された、どこか異国を感じさせる建物もある。

アルバートの言う通り、色々な文化が入り混じった街だ。

中心街の方に行くと、大きな劇場や広場もあるらしい。リタはほとんど外に出ることなく暮らしていたため、何もかも目新しくて、ついきょろきょろと視線を動かしてしまう。

（あれ……？）

ふと気づくとマーサとエミリオがいない。アルバートと二人きりだ。

「二人には先に帰ってもらったんだ。きみとデートを楽しみたくてね」

（えっ⁉）

「さ、リタの服を買わなくちゃ」

アルバートは楽しそうにブティックにリタを引っ張り込む。ベルの軽やかな音が鳴った先は、いかにも一見さんお断りといった高級店だ。

「あら！　いらっしゃいませ、アルバート様！」

「やあ、ノーラ。突然お邪魔して悪いね」

「いいえ。アルバート様でしたら、いつでも大歓迎ですわ。お連れ様がいらっしゃるなんて珍しいですわね、……まあ！」

女主人が驚く。視線の先はリタの瞳だ。

故郷の村では変だと言われ、人買いたちには珍しがられた黄金瞳。

ここでも何か言われるのではないかと身体を強張らせたリタに「とっても素敵だわ」と弾んだ声がかかった。

「色が違うなんて神秘的ね。それに、右の瞳は黄金色かしら。まるで、伝説の黄金瞳みたい」

（……え……？）

好意的な言葉に驚いてしまう。

アルバートは後ろに隠れていたリタを見せびらかすように抱き寄せた。女主人や、店員たちの視線がリタに集まる。

「『みたい』じゃなくて、本物の黄金瞳だよ。ノーラ」

「ええっ、私、おとぎ話だと思ってましたわ！　だって、本土のお友達は黄金瞳だなんて、だぁれも知りませんもの」

（……そうよね。わたしだって知らなかった。でも、アルバートの言う通り、この島の人たちは『黄金瞳』に悪い印象を持っていないみたい……）

店員たちも驚いた顔をしているが、「すごいわ」「はじめて見たわ！」とどことなく嬉しそうですらあるのだ。そんな様子に、アルバートも満更でもなさそうな顔をする。

「彼女はこの島に来たばかりでね。似合う服を何着か見立ててくれるかい？」

「かしこまりました。そうですわねえ、お嬢様ですと……」

小柄なリタは年齢よりも幼く見えるらしい。可愛らしいフリルがたくさんついたワンピースを当てられたが、アルバートが首を振った。

「僕の隣に並ぶのに相応しいものを頼むよ」

その言葉に、店員たちは表情を改める。

リタが、アルバートにとってどういう存在なのかを測りかねていたのだろう。ただの知人なのか、身内なのか、恋人なのか。

僕の隣に並ぶのに相応しい――すなわち、ロレンツィ家ボスの「特別な存在」に相応しいものを持ってこいと命じたアルバートに、店員たちは踵を返す。

濃紺の生地に金糸が刺繍されたシックなスカート。

襟元や袖口に品よくレースをあしらったブラウス。

デコルテを大胆に開けたロングドレス。……持ってくるもののグレードがぐっと上がる。

（こんなの、絶対、似合わない……っ）

リタは棒立ちのまま震えあがった。

店員たちが持ってきた服を選別するのはアルバートだ。何着目かで頷くと、試着室に放り込まれ、下着から着付けから何から何まで世話される。

終わったと思ったら椅子に座らされて、化粧を施される。髪にも手が伸ばされた。あちこちから伸びてくる手に、びくびくと過剰に反応してしまう。

「ああ、動かないでね。ちょっと、リボン取って！」

素早い手さばきでリボンを髪に編み込まれる。

「肌がきれいだから、口紅も柔らかい色味の方がいいかしらね」

化粧を施してくれている女性は、何本もの口紅とリタの顔を見比べた。店員がベビーピンクの口紅を手にしたところで、近くで見ていたアルバートが別の色を差し出す。

「こっちの方が似合うよ」

「アルバート様、お嬢様には淡い色の方が可愛らしくていいと思いますわよ？」

「そう？　ちょっと試させて」

女性と場所を入れ替わったアルバートが、リップブラシを手に、繰り出した口紅から色を取った。

リタの顎に手を添えられ、

(っ、あ、アルバートに塗られるの……!?)

動揺して逃げ腰になったリタを見て、アルバートは笑みを深めた。

「ほら、じっとして。はみ出ちゃうよ」

妙に色っぽい声を出されて頬が熱くなる。

椅子の上で硬直したリタの唇に、アルバートがブラシを滑らせた。

輪郭を縁取られ、丁寧に色をつけられ、仕上げに指の腹を使って色味を馴染ませる。

息がかかりそうなほど間近にあるアルバートの顔に、リタの心臓がバクバクした。周りにいる店員たちも手を止め、アルバートの艶めいた一挙一動に見入っている。

「ああ、やっぱり思った通り、かわいいよ。……ね、似合うだろう?」

同意を求めたアルバートが振り返ると、うっとりとこちらを見ていた店員たちが、呪縛から解き放たれたかのように一斉に頷いた。

「ええ、あの、素敵ですわ。アルバート様ったら、情熱的ですわね」

「本当。目のやり場に困ってしまいます。でも、確かにお嬢様にお似合いですわ」

「そうだろう?」

得意げに笑ったアルバートがリタを立ち上がらせる。

「ほら！　どうだい、リタ？」

手を引かれ、全身が映る姿見の前に連れて行かれた。

幼く見られがちなリタが着飾ったところで、服に着られているだけになっているんじゃないかと思ったのだが――

（え……？　これが、わたし？）

どきんと心臓が跳ねた。

まず目に飛び込んでくるのは、唇にのせられた華やかな色味のピンクだ。青白かった顔の血色をよく見せ、良くも悪くも瞳が目立ちがちなリタの印象が変わって見える。

身体を覆うのは、膝が見え隠れする、軽やかなアイボリーのドレス。ベルト代わりにベルベットのリボンを腰に結んで、パニエでふんわりスカートを膨らませているので、痩せたリタの身体も女性らしいシルエットになっている。

艶のない栗色の髪にはドレスと同じアイボリーのリボンが編み込まれ、大人っぽく見えるようにアップにまとめられていた。

みすぼらしい少女の姿はどこにもない。

ここに来るまでに見かけた、おしゃれで、いきいきとした、楽しそうに街を歩く女の子たちとなんら変わりのない姿のように見える。

「気に入った？」

ぼうっと鏡に見入ってしまって、恥ずかしくなった。

（わたしがみっともない格好をしていたら恥ずかしいから……だから、こうして服を買ってくれるんだわ）

そう思うものの、生まれてはじめての華やかな格好に心が浮き立ってしまう。

踵の高い靴におっかなびっくり足を入れる。よろめくリタをエスコートするようにアルバートに肩を抱かれた。

「化粧品も買い取れるかな。他の服と一緒に屋敷に届けてくれ」

「わかりましたわ。またごひいきにしてくださいませね」

笑顔の店員に見送られ、リタはどきどきする胸を押さえながら歩き出した。

──のも束の間。

次は宝飾店、輸入雑貨店、別のブティック、靴屋、などあちこちの店にリタを連れ込み、アルバートは景気よく買い物をした。

（も、もういい。もういいです！）

アルバートと出かける用事があるときに必要だから、という理由で服や靴を買い与えられるならまだ分かる。だが、クリスタル製のウサギの置物はリタの生活に必要ないし、レースのハンカチは何十枚も持つものではない。

自分なんかのためにお金を使う必要ない、と初めは過剰に飛び上がったが、様子を見ているとアルバートなりの理由があるのではないかと気がついた。

アルバートは島民たちにリタの顔見せをすることができる。

普段利用しないような店との新しい繋がりも作れる。

そしてリタに、島民との関係は良好であるということを印象付けることもできる。

デートと言いつつもしっかりとその辺りまで計算し尽くしているように見えた。


（うう、……疲れた……）

ひとり、ベンチに座ったリタは愛想笑いで強張った顔をほぐす。

アルバートは「ちょっと待ってて」と広場にリタを置いてどこかへ行ってしまったのだ。

解放された途端に疲れがどっとやってくる。

石畳を敷いた広場の中心には大きな噴水があった。その周りで子どもたちが楽しそうな声を上げてはしゃいでいる。子どもたちはリタのことを気に留めていないようだったが、点在しているベンチに座る人々がリタを見ているような気がして――リタの自意識過剰なのかもしれないけど――落ち着かなくて、足が痛いふりをして下を向いた。

（わたし、これからここでやっていけるのかな……）

たくさん歩いたせいで、踵が少し赤くなっている。

ふう、と溜息をつくと、

「――ちょっと、あなたっ！」

いきなり刺々しい声をかけられて驚いた。

顔を上げると、柔らかそうなハニーブロンドの少女がこちらに向かって歩いてくるところだった。リタと同じくらいの年頃のように見えるが、華奢な踵の高い靴を完璧に履きこなしている。

「あなたねぇ、あらっ……？　えっ、黄金瞳……!?」

リタの瞳の色に、毒気を抜かれたように一瞬たじろぐ。が、すぐに気を取り直したかのように眉を吊り上げた。

「あなた、アルバート様とどういうご関係？」

鼻息荒く詰め寄られて戸惑った。

「私、見てたのよ。あなたがアルバート様に肩を抱かれてお店から出てきたところ。ずいぶん親しいみたいね」

（……ええと）

この子は、アルバートの恋人？

長い睫毛に縁取られた大きな瞳で、値踏みするようにリタを見ている。

リタがいつまでも黙っているので怪訝そうだった。アルバートに手帳を借りておくべきだったな、とリタは困ってしまう。

(どうしよう。アルバート、早く帰ってこないかな)

アルバートの姿を探して辺りを見渡すが、彼女からしてみたらリタが無視をしているようにしか思えないらしい。一言も発しない態度に、むっとしたように顔をしかめた。

「ちょっと、馬鹿にしているの？　黙ってないでなんとか言いなさいよ」

詰め寄った少女がリタの肩を掴む。どうしよう、怒っているし、でもどうしていいかわからないし……。

下を向くリタの耳に、コツ、コツ、と踵を鳴らす音が聞こえた。

磨き抜かれたストレートチップの革靴が石畳を踏む音。

「――お待たせ、リタ」

顔を上げると、何食わぬ顔でアルバートがこちらに戻ってくるところだった。怒った顔の少女とリタをわざとらしく見比べ、きょとんと首を傾げてみせる。

「やあ、ミレーナ。こんなところでどうしたの？」

ミレーナと呼ばれた少女は慌ててリタの肩から手を離した。

「いえ、なんでも……。通りかかって、……声を、掛けていただけですわ」

「そうなんだ。今日は買い物かな？」

「え、ええ……。進水式がもうすぐですから、仕立てたドレスに合うアクセサリーを探しに来ていたんです」

「じゃあ、式典でかわいい姿を見られるのを楽しみにしておこうかな」

笑みを浮かべたアルバートに、ミレーナもほっとしたように微笑みを返した。

「リタ、彼女はミレーナ・マルツィーニ嬢。さっき僕たちが乗ってきた船もマルツィーニ家の会社の客船なんだ。彼女の御父上とは先代から懇意にさせてもらっている。……ミレーナ、リタはこの島に来たばかりで、声を出すことができないんだ」

「まあ……！　そうだったんですか」

リタが話せないと分かり、ミレーナは納得したようだった。

「ごめんなさい。気がつかなくて。喋れないなんて、……可哀想ね」

（可哀想？）

同情するようなミレーナの言葉は、ちくりとリタの心を刺した。

これまでリタはほとんど人と関わらずに過ごしてきた。会話ができなくて困る場面があまりなかったといっていい。だから、この島へやってきて、同年代の女の子たちが楽しそうにしているのを見ているだけで、気後れのようなものを感じてしまう。

ミレーナの言葉は、そんなリタの劣等感を刺激した。

そしてまたうつむいてしまう。黙ってやり過ごすことばかり考えてしまう。

「――『可哀想』なんかじゃないよ」

アルバートの指がリタの髪にかかった。

下を向いたせいでほつれた髪を耳にかけられて、ハッと顔を上げる。慈しむような視線がそこにあった。

「リタの瞳は、言葉なんかよりもずっとたくさんの感情を映すね。見ていると、言いたいことがちゃんと伝わってくる。僕は別に不便を感じないけどな」

そんなことを言われたのははじめてで――まるで自分の存在を認められたような気になってしまった。そういえばアルバートは、リタが喋れないと分かっても嫌な態度をとることはないし、この瞳も真っ向から見つめてくる。

可哀想なんかじゃない。その言葉がリタの胸に響く。

ミレーナは自分が失言したと気づき、慌てて取り繕った。

「あ……、そ、そうですわね。可哀想は失礼でしたわ」

「うん。失礼だよ、ミレーナ。きみの価値観で人を測るものじゃない」

ピシャリとした声音に、ミレーナも、リタも固まってしまった。さっきまで愛想よく笑っていた顔は冷え切っている。

「ア、アルバート様……？」

「彼女は僕の婚約者だ。リタへの侮辱は僕への侮辱と同じだ。……言葉に気をつけるんだね」

「こ、婚約？　あ、あの、アルバート様っ」

混乱するミレーナを無視し、アルバートはリタの肩をさっと抱いた。

「迎えを呼んであるんだ。帰ろう、リタ」

広場を出ると、すぐに黒塗りの車が近づいてきた。

乗るように促され、後部座席にアルバートと並んで座る。リタの膝に真新しい万年筆とスケッチブックがのせられた。

「これを買いに行ってたんだ。あった方がいいだろう？」

穏やかに微笑むアルバート。先ほどのミレーナに対する態度との落差に心が冷える。

ありがとうございます、とリタはぎこちなく最初のページに綴った。

こうやって配慮してくれるのはありがたいことだし、さっきも庇ってくれた。

いいところだってあるのかもしれないけれど、《あんな言い方しなくても良かったのでは》と小さな文字で、非難めいたことを書いてしまう。露骨に冷たい態度をとられたミレーナは泣きそうな顔をしていた。

「どうして？　あの子はきみを馬鹿にした。許すべきじゃないよ」

《わたしは、気にしてない》

「そう？」

《あの子は、あなたのことが好きなんでしょ？　冷たくされて、すごく傷ついてた》

「僕は別にあの子のことが好きじゃない。単に付き合いのある会社の娘だから適当に相手をしてあげているだけ。傷つこうが、僕を嫌いになろうが、知ったことじゃないよ」

はじめは愛想よくミレーナに接していたくせに、手のひらを返したように冷たく突き放す。それはまるで飴と鞭を使いこなすかのように。

《冷たくするなら、最初から優しくしなければいいのに》

僅かな沈黙。

リタ、と声を掛けられてハッとする。

アルバートはあのひんやりとした瞳でリタを見ていた。

ペンを持つ手を上から握られる。優しく、重ねられて。

「――きみの人生は僕が買った。僕のすることに、口を挟まないで？」

黙って言うことを聞いていろと。

そう、言われている。

（何を勘違いしてたんだろう）

リタの意志を認めて尊重してくれているわけじゃない。

リタに優しくしているのは、言うことを聞かせるため。優しくして、いい気分にさせて、逆らわないようにするためだ。

「今週末、マルツィーニ家が経営している会社の進水式——新しい船のセレモニーに招かれているんだ。そこできみを僕の婚約者だと紹介する。この辺りの名士が集まる、いい機会だからね。ミレーナも来るし、たくさんの人に挨拶もする。だから、そうやってうつむいてちゃだめだよ」

僕がきみに何を望んでいるかわかるよね？

問われて、リタは真新しいアイボリーのドレスに視線を落とした。

（……いいところもあるかも、って思ったのに）

優しさにほだされそうだったからこそ、裏切られたような気持ちになってしまう。

そんなリタを横目で見ながら、アルバートは皮肉気な笑みを浮かべた。

「……マフィアが、優しい人間だとでも思った？」

リタは返事を書かなかった。

手を握られているせいで字が書けない。そういうことにして、唇を引き結ぶ。

華やかな中心街を抜け、十分ほどでロレンツィ家の屋敷に着いた。

敷地は背の高い塀でぐるりと囲われ、門をくぐっても車を走らせないと玄関にはつかない。手入れの行き届いた庭を抜けると、三階建ての白亜の豪邸がリタを迎えた。

（ここがロレンツィ家……）

想像していたよりもずっと大きい。

何も知らずに連れてこられたら、由緒ある貴族の屋敷としか思わないだろう。

車は玄関に横づけされ、運転手がリタの側に回り込んで扉を開けてくれた。

「おかえりなさい。あらまあ、リタ！　すっかり見違えたわ！」

中から出てきたマーサが嬉しそうな顔をしてくれた。屈託のない笑顔に、車の中で張り詰めていた神経が緩む。

「リタのお部屋の準備も終わってますわ」

「ありがとう。屋敷の案内はマーサに任せてもいいかな」

「ええ、お任せくださいな」

アルバートはこのまま出かけるらしい。

リタを降ろすと、車は再び街の方へ出ていった。

「さ、リタ。ついてきてちょうだい」

胸を叩いたマーサに続いて屋敷に足を踏み入れる。

吹き抜けの玄関ホールにはシャンデリアがぶら下がり、高価そうな絵画や調度品があちこちに置いてあった。

（うわあ……！）

マフィアの屋敷だということが頭から吹き飛び、思わず素晴らしい調度品に見入ってしまう。

ここがサロン、ここが応接室、と次々に案内される部屋は、派手さはないもののクラシックな内装が落ち着きと上品さを感じさせる。きっと、何代にも渡って使われてきた屋敷なのだろう。年代物の繊細な細工が施されたランプを見ながらそう思う。

屋敷自体はマフィアらしくない。

と言っても何が「マフィアらしい」のか分からないが、少なくとも武器を手にした男たちがたむろしていたり、壁に銃弾がめり込んでいたりという雰囲気はなさそうだ。

リタに与えられた部屋は、二階の角部屋だった。

ベッドに、作りつけのクローゼット、ドレッサー、テーブルセットなど、必要なものはすべて揃っている。どれも温もりのある白木の家具で統一されていて、淡いミントグリーンの壁紙が目に優しい。

「女の子の部屋なのに、ちょっと地味かしらね？　あとで花柄のカーテンでも持ってこさせるわ」

（ううん、そんな、とんでもない）

リタは慌てて首を振った。

こんなに立派な部屋を与えてもらえるだけでありがたい。それに……。

（閉じ込められたりするわけじゃないのね）

車の中でのアルバートの口ぶりから、部屋から出してもらえないのではないかという懸念もあった。しかし、窓に鉄格子もはまっていないし、部屋に鍵もついていない。

同じ階にある書庫も自由に使っていいと言われていた。

「一階の食堂やサロンは使ってもらって構わないけど、奥の応接室や大広間は仕事の人間も出入りするから、勝手に立ち入らないように気をつけてね」

リタは頷く。妻だとか婚約者だとか言われても、リタは彼らの仲間ではないのだから、踏み込んではいけない領域なのだろう。

「それから、お医者さんを呼んであるの。あなたの喉を診てもらいましょう」

《お医者さん？》

「ええ。念のため、診てもらったほうが安心するでしょう？　呼んでおくようにってアルバート様がおっしゃったのよ」

ロレンツィ家に医師は常駐しておらず、怪我や病気の時はセレーノの街から呼んでくるのだそうだ。マーサと共に一階に降り、診療室として使っているという部屋に案内された。

「先生、お待たせしました」

中にいた医師は、出されたお茶を飲んでいるところだった。くつろいだ態度から一転、リタをひと目見るなり、椅子から勢いよく立ち上がる。

「お、おおおおっ⁉」

（な、何っ）

リタに詰め寄り、肩をがしりと掴む。

驚くリタの瞳を、医師は食い入るように見つめた。

「黄金瞳！　ほ、本物の？　あの、歴史上の！」

「ええ、本物ですわ。落ち着いてください、先生」

「落ち着けません！　だって黄金瞳ですよ！」

「先生」

穏やかに言うマーサだが、リタに危害が加えられようものならすぐに迎撃できるようにエプロンのポケットの中で銃を握りしめている。

そんなことなど知らない医師は、リタの顔とマーサを見比べた。

「え？　いったい、どうしてここに⁉」

「ネザリエにいたところをアルバート様が助けたんですよ。いずれ、アルバート様とご結婚される予定ですわ」

アルバートと結婚、と聞いたところで医師はリタから手を離した。

ひょろりとした身体に丸眼鏡、白衣ではなく、コットンシャツにカーゴパンツという軽装の医師はステファノと名乗った。四十代くらいで助手は連れていない。

「ネザリエ？　あんな治安の悪いところに住んでたのかい？」

リタは首を振る。

だが、スケッチブックを出す前にステファノは質問を続けた。

「どこに住んでいたの？　あなたのご両親も黄金瞳？　……違う？　じゃあ、おじいさんやおばあさん？　親戚は？　他にはいなかったの？」

矢継ぎ早に質問される。

戸惑っているとステファノの目からどっと涙が溢れた。

（えっ？）

困惑顔のリタを前にして、感極まったかのようにおいおいと泣き出してしまう。

「素晴らしい！　生きているうちに黄金瞳に会えるなんて……。私はね、黄金瞳の研究をずっとしていたんだ！　この世界のどこかに生き残っていやしないかと淡い期待を抱いていたのだが、まさか、こんな巡(めぐ)り合わせがあるなんて！」

涙を拭ったハンカチで、ステファノは自身の眼鏡もごしごし拭(ふ)いた。そうして覗き込むようにじいいいっと見られ、リタは身体をのけぞらせてしまう。

「なんて美しい……。まるで琥珀(こはく)を切り取ったみたいな黄金色！　虹彩(こうさい)の部分は少し青みがかっているんだね。ふううむ、左右で光の感じ方は違うのかな？　見え方は？　この瞳はもう遺伝しないのだろうか」

一人で喋り続けるステファノを、マーサが手を叩いて現実に戻した。

「ステファノ先生、リタが困ってますわ」

はっと我に返ったステファノが頭を掻(か)く。

「ああっ、これは失礼しました」

「診察(しんさつ)の方をお願いしますわね」

……アルバートと街を歩いていた時も興味深そうにリタの瞳を見ていく人はたくさんいたが、こんなに熱狂(ねっきょう)的な人ははじめてだ。

ステファノの目はキラキラ……というよりも、むしろギラギラとしていて、忌(い)み嫌われるのとはまた違った居心地(いごこち)の悪さを感じてしまう。

肝心(かんじん)の喉はというと、目立った異常もなく、病気や怪我もなさそうだと診断された。

「話せないのは、おそらくは心因性のものでしょう。ストレスや、心理的にショックなことがあった時に話せなくなってしまうことがあるんです。医学的には失声症というんですが……、何か心当たりはありますか？」

カルテにペンを走らせながらステファノが問う。

リタの場合は話せなくなってもう六年だ。

唇を引き結んだリタに、ステファノは重ねて問うことはしなかった。

「……まあ、気長に行きましょう。心と身体をよく休めて、元気を出すのが一番の薬ですよ」

リタの痩せた手足を見て、同情するような顔をされる。

「そうね。リタはこの島に来たばかりだもの。まずはここでの暮らしに慣れてもらわなくっちゃね」

「ええ。それに、喉に問題があるわけではありませんから……。訓練を重ねていけば、きっとまた話せるようになりますよ」

「まあ！　話せるようになるかもしれないんですね！　良かったわね、リタ」

（また、話せるようになる……？）

マーサがリタの代わりに何度も頷いてくれたが、リタは……、リタは話せないことが普通になってきてしまっていたので、今さら嬉しいとか頑張ろうという気持ちは湧いてこなかった。

「定期的に様子を見させてもらいましょう」

ステファノの言葉に曖昧な頷きを返す。

医師の顔の時は理性的だったが、カルテを閉じたステファノはもじもじとリタを見つめてきた。

「……それで、あの、もし良ければ、黄金瞳について調べさせてもらったりとかって……」

話を聞きたい・調べたい・観察したい、という研究者特有の瞳は、真っ直ぐすぎて怖い。

リタは顔を引きつらせて視線を逸らした。

「診察のついででいいんです。そうだなあ……、三日に一度くらいのペースで……」

「あら、そんなに頻繁に診察が必要なんですか？　アルバート様に報告しなくては」

「あっ、いえ、そ、そういうわけでは」

診察にかこつけて黄金瞳を見たいらしいステファノは、やましい気持ちを指摘されたかのように慌てて手を振る。

頻繁な往診案は、結局、マーサによって却下された。アルバートの許可が下りないと言われれば、ステファノも引き下がるしかないのだろう。

「ステファノ先生。あきらめてくださいな」

がっくり肩を落とすステファノには申し訳なかったが、リタにとってこの瞳は、あまりいい思い出はない。故郷や家族のことをあれこれ聞かれるのも嫌だと思っていたので、マーサが断ってくれてほっとしてしまった。

（そう考えると、アルバートやマーサは、わたしに故郷のことを何も聞いてこないのね）

単純に興味がないのかもしれないし、ネザリエで売られるくらいなのだから察しているのか。あるいは既に調べてあるからなのかもしれない。

（……家に帰りたくないのか、って言われないことに安心する）

帰る場所がないことを思い出すのは辛いから。

片田舎の小さな村。リタの生まれ故郷は人の出入りの少ない寒村だった。

――リタちゃんの目、へんなの！

――のろわれた目だ！　おれのかあちゃんが言ってたぞ！

両の目の色が違う人間はこの世に少なからず存在する。それでも、小さな村で、人と見た目が違うリタは奇異の目で見られることが多かった。

特に子どもたちからは「こわい」「きもちわるい」「へんなの」と言葉を投げつけられ、すぐに仲間外れにされた。悪口を言われたり、指をさされて笑われるのが怖くて、そのうちに家に閉じこもりがちになった。

外は意地悪な人ばかりだ。家から出なくてもいいんだよ。

父と母は優しかったが、その優しさは腫れ物に触るかのようなものだった。

優しい言葉は両親のためでもあったのだろう。リタをまわりの目から隠すように、無理をして外に出なくてもいいと何度も言われた。

――珍しい子どもは高く売れる。

――お金持ちに買われたほうがその子も幸せに違いない。

お節介な村人がリタを売ってしまえばどうかと持ちかけているのを聞いてしまったこともある。黄金瞳なんて言葉は田舎では知られていなかったが、オッドアイというだけでも価値がつくのだろう。きょうだいのいたリタの家では跡取りの心配もなく、引きこもりの娘がいなくなれば、そのぶん暮らしも楽になる。

母は泣いていた。

父は黙っていた。

貧しい家で家計に余裕がないこともわかっていたリタは、自分が売られてしまうだろうということを察した。だから。

家から逃げ出した。

子どもの足で歩ける距離は限られている。通りを避け、木々が生い茂る山道へと足を進めた。すぐに父や母が探しに来てくれるのではないかと信じていたのだ。

わたしはいらない子じゃないと言って欲しかった。

心配して迎えに来て、抱きしめて欲しくて。わざとらしく持ち物を落とし、何度も何度も足を止めて振り返って。気がつけば、どこをどう歩いてきたのか山道で迷子になった。

……誰も、迎えには来てくれない。

夜になって、怖くて泣いた。

いつの間にか泣きながら眠ってしまって、自分を濡らす雨で目が覚めた。再びふらふらとさ迷い、空腹と疲労で力尽きてばったりと倒れてしまう。

(きっと、このまましぬんだ)

そう思って地面に突っ伏していると、「汚い子だね」と冷たくしわがれた声が掛かった。

「あんた、どこの子だい」

年代もののショールを巻いた老婆に首根っこを摑まれ、無理矢理立たせられる。深い皺が刻まれた厳めしい顔は、絵本の中の意地悪な魔女のようだと思った。

「どこから来たんだって聞いてるんだよ」

摑まれたままがくがくと揺さぶられる。ずいぶんと乱暴な老婆だ。

引きこもっていたリタにとって、こんなふうに叱りつけるような口調で問いただされたことなどない。本能的に、素直に言わねば怒られると感じてリタは口を開いた。

「……っ、ぁ……」

しかし、口から出たのは、乾いた吐息だけ。

（声が、出ない）

喉が張りついてしまったように動かない。

ひゅうっと鳴る喉を押さえて、リタは呆然とした。

「なんだい、口がきけないのかい？」

相変わらず厳しい口調の老婆に、リタは頷く。

老婆は深い溜息をつくと、ついてきなと背を向けた。ついていくべきか迷ったが、「早くおし！」とピシャリと怒鳴られ、思わず飛び上がってしまう。

近くに古びた家があり、そこが彼女の家らしかった。山の斜面と一体化しているような建物には蔦が蔓延っていて、まさしく魔女の家といった風貌だ。

あとに続いて中に入ると、外から見るよりも狭く感じた。あちこちに本がぎっしりと詰め込まれ、錆びたアクセサリーや劣化したドレスが目に入る。

リタは湯を張ったバスタブに放り込まれると、老婆の手でザブザブと洗われた。洗濯でもされているようだ。やめて、と言いたかったが相変わらず声は出ない。汗も泥も涙も、荒っぽく洗い流される。

タオルでごしごしと擦られ、適当なシュミーズを着せられると、老婆はパンとスープを準備してくれた。空腹だったリタは素直に食事に手を伸ばす。

乱暴でそっけないが、悪い人ではないらしい。

彼女は「帰る場所はあるのか」と聞き、リタは悩んだ末に首を振った。

(帰っても、わたしの居場所はない)

わたしは、わたしのために逃げたのだ。

「優しい父と母」を壊さないために。「いらない子ども」だと思われないために。

老婆は特に何も聞いてはこなかった。そうかい、と短く呟き、スープのおかわりをよそってくれた。

その日から、少女と老婆の奇妙な同居生活が始まった。

老婆の家はかなり変わった作りをしていた。

外から見るよりも中は狭い。物が多いせいかと思ったが、クローゼットの奥に隠し部屋があるせいだった。その隠し部屋がリタの寝床としてあてがわれた。

はじめはどうしてこんなところに押し込められるのか不思議だったが、その疑問はすぐに解決することになった。

「よぉ、ババア。まだ生きてたんだな」

役人だと言われなければわからない、チンピラ崩(くず)れのような男たちが税金の取り立てにやってくるのだ。近隣(きんりん)の町は税の取り立てにずいぶんと厳しいらしく、建物の広さや家族の人数に応じて高額な支払(しはら)いを命じられる。場合によっては女や子どもは人買いに連れていかれることもあるそうだ。

役人が来た気配を感じ取ると、リタは隠し部屋で息を潜(ひそ)めてやり過ごす。

彼らは冷やかしでやってくるような時もあり、勝手に家の中に入っては金になりそうな物はないか物色するのだ。役人たちからすれば、色の褪(あ)せた古いドレスや、錆(さび)だらけの品を大切にとっている老婆は、過去の栄華(えいが)に必死にしがみつく哀(あわ)れな老人にしか見えないのだろう。

「今月の金なら払っただろう！　とっとと帰んな！」

「落ちぶれたババアが生意気だな。こんなボロ家、ぶっ壊してやってもいいんだぞ！」

「そうしたら、あんたたちは金の徴収(ちょうしゅう)先がひとつなくなる。あたしゃ、いつ召(め)されたって構わないけど、搾(しぼ)り取る相手がいないと困るんじゃないのかい！」

厳しい口調で老婆が詰(なじ)ると、男たちは唾(つば)を吐(は)きながら出ていく。

がたん。ばたん。どたん。当てつけのように物を落としたり、荒っぽく扉を閉める音が聞こえなくなると、リタはどきどきする心臓を抑えて息を吐く。

（見つかったら、わたしは、売られてしまうの？）

そんな未来を想像して怖くなる。

隠し部屋には、他にも多くのものが隠されていた。

取っ手の欠けたティーポットの中には精緻な模様が彫られたカメオが。変色した古い箱の中にはなめらかな絹のハンカチが。分厚い本のページをくり抜いて作られたスペースにはルビーの指輪がしまってある。

この家に大量にある装飾品や小物は、一見するとどれもガラクタにしか見えないが、価値のあるものはそれとわからないように隠しているのだ。それらを少しずつ質に入れることで金を手にしている。

老婆はどこか遠いところのお金持ちのお嬢様で、若い時に家が没落し、食べる物にも困り、命からがら逃げのびるはめになったのだという。

かつては華やかで凛とした令嬢だったに違いない。

長い年月の中で失われてしまった美と栄華を振り返りはしても、決して過去を貶めたり、悲しみに酔いしれたりしない人だった。

「あんた、読み書きはできるのかい？」

ある日、そう問われて首を振った。

子ども用の簡単な絵本くらいしか読んだことはない。

老婆は、癖（くせ）のある字でリタに文字を教え、本を読むようにと言った。

読み書きができるようになると、老婆の名前がオリガということを知った。聖人と同じ名前なのね、と聖書のページを指すと「そんな大層な人間じゃない」と嫌そうな顔をされた。

「違う、魚のナイフはその隣だよ！」

ある日はテーブルマナーの訓練を受けた。

部屋の奥から銀食器を引っ張り出したオリガは、テーブルで厳しく指導した。

安い食材をそれなりの料理に見立て、ナイフとフォークをまともに扱（あつか）えなかったリタは、美しい所作を叩き込まれることになった。

「もっとずっと北に行くと大きな国があるんだ。ここから西や南には島国がある」

ある日は地図の読み方を教えられた。

リタのいるところは小さな小さな町で、世界はもっとずっと広かった。

広い世界には、目の色が違う子だって、肌の色が違う人間だっているんだ。

ろくに外には出られなかったが、退屈している暇はないくらい学ぶことは多かった。

《どうして、わたしに色々なことを教えてくれるの？》

そう訊ねると「あんたが一人で生きていくのに困らないために決まってるだろう！」と言われた。あたしゃ、あんたが大人になるまで生きてないだろうよ、と。

「リタ、あんたのあきらめた顔を見てると、昔の自分を見ているようで腹が立つ。生きることをあきらめるんじゃない！　居場所ができたらしがみついてでも守れるような女になりな！」

厳しい言葉は、過去の自分に伝えたい言葉だったのだろうか。

そうして、春の花が散るのと同じ頃、オリガは死んだ。

眉間にぎゅっと皺を寄せた怖い顔のまま、眠るようにして息を引き取った。

オリガの亡骸を庭に埋め、ほんの少しの荷物と、彼女から与えられた知識を握りしめて、リタは外の世界へ飛び出したのだ。

ここにいたらいずれは役人に見つかり、売られてしまうかもしれない。

その前に、自分の居場所を見つけないといけない。そう思って。

……しかし、結局リタは人買いに捕まってしまった。荷馬車に放り込まれ、治安の悪いネザリエまで雑に運ばれ、――そして今、カルディア島にいる。

（こんなに立派な屋敷で、綺麗な服で、温かいご飯が食べられるだけで……幸せなこと、なのよね？）


小さくちぎったパンを口に運びながら、リタは何度も自分にそう言い聞かせた。

一階にある食堂は、リネンのクロスがかけられた細長いテーブルが三列並んでいるだけの素っ気ない空間だ。奥の階段を降りたところに調理場があり、各々そこで食事を貰い、特に決まりのない席で勝手に食べる。全員揃って食事をすることは滅多にない、と初日にマーサが教えてくれた。生活リズムがバラバラだからなんだそうだ。

リタは極力、端の方、目立たない席を選んだ。周りを窺うようにして口を動かす。

眠たそうな顔で朝食を食べてベッドに向かう者もいれば、エスプレッソ片手に新聞に目を通している者もいる。そうして食べ終えた食器は自分で下げて出ていく。

――リタは、ここでは空気のようなものだった。

構成員たちはリタを邪険にはしないが、積極的に関わってくることもない。遠巻きにされている。わざわざ近づいてくる者はいない。

進水式までは屋敷で大人しくしているようにとアルバートから言われ、出歩くこともできず、することもなく……結局、これまでと何も変わらない暮らしだ。生活の水準は上がったものの、ひっそりと暮らすような生き方はまるで変わっていない。

リタと同年代の青年たちが忙(いそが)しそうに走り回っている様子を見ると、働きもせずにのんびりしているのが申し訳ないような居心地(いごこち)の悪さを感じてしまう。

(こんなので、いいのかな。ただ、屋敷に置いてもらっているだけで、なんにもしていないなんて……)

チョコレート色の手すりを伝って二階に上がる。うつむきがちに廊下(ろうか)を曲がったところで、リタの身体(からだ)は衝撃(しょうげき)と共にひっくり返った。

(ひゃあっ!)

物音ひとつ立てずに歩いていたせいで、走ってきた構成員に思いきりぶつかってしまったようだ。リタも相手も勢いよく尻(しり)もちをつく。

「いってえな! 前見て歩けよな!」

怒鳴(どな)られてリタはびくつく。

襟元(えりもと)のボタンをいくつも開け、ジャラジャラとアクセサリーを覗(のぞ)かせた構成員は、短気な若者といった風貌(ふうぼう)で怖(こわ)そうだ。

しかし、ぶつかったのがリタだと気づいた構成員の方が青くなった。

「あっ、す、すみませんでしたっ。大丈夫ですか？」

（……ごめんなさい、わたしがぼうっとしてたからだわ……！）

差し出された手を借りて立ち上がろうとすると、ビリッと布が裂ける音がした。

（ビリッ？）

薄い生地を何枚も重ねてふんわりさせたロングスカートの裾が裂けた。スカートをヒールで踏んづけたまま、急いで立ち上がろうとしたせいだ。

上等な服×履き慣れないヒール×どんくさいリタの相乗効果のせいで、構成員の顔は真っ青である。腰を折って頭を下げてきた。

「も、ももうしわけありません！」

（え、いや、悪いのはわたしで……）

リタなんかにどうしてこんなに低姿勢をとってくるのだろう。不思議に思ったが、リタはこの屋敷ではアルバートの婚約者として周知されているのだ。

（わたしがアルバートに告げ口をするって思っているのかも）

そんなことしないが、構成員からしてみればリタの素性なんか知らないのだから距離を置かれて当然だ。

「と、とりあえず、これっ！」

スーツの上着を脱いだ構成員が、リタの足元を隠すように渡してくる。

（えっと、下の方だし、隠さなくても平気……それに、破れたのはわたしが踏んづけたせいだし）

と、急いでスケッチブックに書こうとしたところで、運悪くアルバートが通りかかった。

構成員の男性は顔を強張らせる。

「ひえっ、アルバート様っ……」

「……何してるの？」

リタと構成員を見比べながら、感情の滲まない声で訊ねてくる。

「申し訳ありません、俺がぶつかってしまって、お嬢さんの服が破れてしまいました！弁償します！」

構成員の男性は勢いよく頭を下げた。

アルバートは彼らからどう思われているんだろう。構成員の慌てぶりを見ると、独裁者か支配者並みに怖いのか、とでも思ってしまう。

自分が悪いのに、他の人に謝らせてしまっていることにリタは慌てた。

《待って、わたしが悪いの。この人は悪くない》

「いやっ、俺が悪いんです」

《違うわ、前を見ていなかったのはわたしだし》

押し問答にアルバートは首を振った。

「……もういいよ。急いでいるんだろう、早く行きなよ。リタは僕が部屋まで送ろう」

「すっ、すみません……」

（あっ、待って、これ……）

スーツの上着をリタに渡したまま、構成員はすっ飛んでいってしまう。見ると袖口のボタンが取れかかっていた。

「……僕から返しておくよ。貸して」

《あの、迷惑をかけてしまったから、わたしから返すわ。それに、ボタンがはずれかかっているし》

縫って返そうと思ったのに、アルバートは良い顔をしなかった。

「リタ。僕はきみに雑用をさせるために買ったわけじゃない。縫い物なんか自分でやらせればいい。きみがそんなことする必要はないだろう」

《じゃあ、わたしは何をすればいいの？》

「何もしなくていい。……と思ったけれど、きみは少し歩く練習をした方がいいね。足元ばかり見ないで。顔を上げて、顎を引いて。堂々と微笑んで、僕の隣を歩くんだ」

今までの生き方と真逆の歩き方を指示される。

「それからこれを渡しておくよ」

アルバートが上着のポケットから小箱を取り出した。

ぱかんと蓋を開けると、一粒の宝石がついた指輪がクッションに刺さっている。

透明度が高く、光を取り入れて虹色に輝く小さな石はダイヤモンド。アルバートに連れられて入った宝飾店でも、ガラスのショウケースに入って保管されていた代物だ。左手を取られて、薬指に指輪を嵌められる。

婚約指輪を贈られる瞬間というのは、こんなに味気ないものなのだろうか。指にぴったり嵌った大仰なダイヤを見てもなんの感慨も湧かない。

「これできみはどこからどう見ても僕の婚約者だ。……進水式では、堂々とした態度で頼むよ」

（進水式……。進水式が終わったら、わたしはどうなるんだろう？　アルバートと結婚……するの……？）

今みたいに軽々と指輪を与えられたみたいに、いつの間にかウエディングドレスを着せられて、教会で愛でも誓わされるのか。自分の人生がこれからどうなっていくのか、まるで想像もつかない。

アルバートは「不自由のない生活」を送らせてくれるとここに来たときに言ってくれたが、自由に暮らしてもいいとは一言も言っていない。リタを部屋まで送り届け、テーブルに指輪が入っていた小箱を置くと、「それじゃあ」とさっさと出て行こうとする。

(ま、待って！)

だから、リタにしては勇気を出してアルバートを引きとめた。

スーツの裾を引っ張ったリタに、アルバートは「何？」と小首を傾げてみせる。

《進水式が終わったら、わたし、外に出てもいいの？》

「外に出かけたいの？　そうだなあ、とりあえず、先のことはこれから考えていこう」

《ダメってこと？》

「ダメじゃないよ。ただ、きみの身の安全を守るためには、屋敷にいてもらった方がいい時期もある」

もっともらしい口調で話されるが、外に出てもいいとは決して言わない。

結局、ボタンが取れかけていたスーツは、アルバートが持って行ってしまった。閉められた扉の前でリタは立ち尽くす。

(……閉じ込められてるみたい)

部屋に鍵はないはずなのに、ここから出られないような閉塞感を覚える。

(アルバートはわたしに外に出てほしくないんだ。……ふらふら出歩いて、問題を起こされたら困るから？　それとも、お飾りの婚約者だって知られたくないから？)

花嫁になるという話を受け入れたときより、今の方が何倍も不安だった。

(わたしは、このままでいいの……？)

アルバートの宣言通り、リタが外に出られたのは進水式当日だった。

その日は朝早くから起こされ、アルバートが呼び寄せた専門のスタッフの手によって、華やかに化けさせられた。

ロレンツィ家から走らせてきた黒塗りの車は、人混みから少し離れた位置で停まる。

青空を映す海も穏やかなもので、賑やかなことが好きなカルディア島民はセレーノ港に大勢集まってきている。商売のチャンスとばかりに屋台や大道芸人たちが人々を活気づかせ、港の周囲は花やテープで飾り付けられていた。

先に降りたアルバートが車内のリタに手を差し出した。その手をぎこちなく取り、アルバートにエスコートされる形で車から降りる。

周囲の視線が一斉にこちらに向けられるのを感じた。

(う、わ、すごく見られてる……!)

完璧に三つ揃えを着こなした美青年の登場に、着飾った婦人も、遠巻きにしていた市民たちもうっとりとした溜息を漏らしている。

その横をおずおずと歩くリタの装いは、海風ではためかない、張りのあるしっかりとした生地のドレス。ラピスラズリを溶かしたような群青色に、白いジャケットがコントラストを織りなしている。アクセサリーはドレスに良く映えるパール。すべてアルバートが用意したものだ。足元は踵の低い靴なので助かった。

足元を見ないで、顔を上げて、顎を引いて。

微笑みを浮かべようとしたところで、好奇の目や、値踏みするような視線とかち合ってしまう。リタの身なりや振る舞いは、そのままアルバートの評価に直結するのだということが良くわかった。

「見て、黄金瞳だわ。わたし、はじめて見た……」

「あの子は誰なの？」

視線や囁きを感じるたびにリタの身体は縮こまる。悪意はないのだとわかっていても、人に見られることは苦手で、そのたびに息を詰めてしまう。

そんなリタを、アルバートは人々に見せつけるように抱き寄せ、愛おしげに笑いかけてきた。

「顔を上げて。みんながきみを見てる」

アルバートは堂々たるもので、若い女性たちに向かって手を振った。うつむきそうになるリタの耳元でアルバートが囁く。

「服を着たじゃがいもだとでも思えばいい」

（……じゃがいもって……）

ずいぶんひどい言い草だ。アルバートを見て嬌声を上げている女性たちは、まさかこんなふうに思われているなんて知らないだろう。

文句のひとつも言いたかったが、今日は公式な場だからスケッチブックは無しだ、と言われてしまったのでリタは手ぶらだ。黙ってアルバートの隣にいるしかない。

波止場の手前にはロープが張られ、その先は武骨なコンクリートを覆うように赤いカーペットが敷かれていた。椅子を並べた貴賓席が設えられており、一般の見物客とはここで区切られる。

船を乗せた船台は波止場にくっつくように設置されていて、間近で見る大型船は、船尾を下に傾ける形で固定されていた。一番良く見えるのはこの貴賓席だが、離れた船着き場や入り江にも物見遊山な見物客がいるのが見える。

「アルバート様、ご足労いただきありがとうございます」

背の高いちょび髭の紳士が愛想よく出迎えてくれた。

彼がミレーナの父親・マルツィーニ氏だ。隣には赤いドレスで着飾ったミレーナが、アルバートの機嫌を窺うように上目遣いで立っている。

「今日はお招きありがとう。ミレーナ、そのドレス、とてもよく似合っているよ」

「あ、ありがとうございます、アルバート様……。リタさんもとても素敵ですね」

　ぎくしゃくした様子のミレーナに、父親のマルツィーニは大げさに笑ってみせた。

「申し訳ない。ついにアルバート様がお相手を決められたと聞いて、娘はずいぶんがっかりしているのですよ。私も娘から聞いて驚きましたが……、いやはや、黄金瞳のお嬢さんを見つけてこられるなんて、カルディア島民として誇らしい。ご婚約おめでとうございます」

「どうもありがとう。ミレーナ嬢でしたら、お相手ならきっと引く手あまたでしょう」

「はは。いや、どうでしょうね。見合いなどは勧めているのですが……」

　複雑な顔をしているミレーナの横で、マルツィーニが「ところで」と切り出す。

「もしよろしければ、セレモニーにご婚約者の方の手を貸していただけないでしょうか。ぜひとも黄金瞳のお嬢さんに、シャンパンのロープをお願いしたいのですが」

「シャンパンのロープはミレーナ嬢のお役目では？」

　アルバートがミレーナに視線を移す。

　ミレーナが何かを言う前に、マルツィーニが彼女の肩を叩いた。

「うちの娘は何度もやってきていますからいいんですよ！　せっかくですし、ご婚約者のお披露目も兼ねていかがです？」

「そう？　そうだね、難しくないし、リタにやってもらおうかな」

リタにはなんのことだかわからないが、そのことをミレーナはあまり快く思っていないらしいことはわかる。

（いいのかな……）

ミレーナが不機嫌なことに、アルバートもマルツィーニも気がついているはずだ。

けれど、「黄金瞳の方が島民も喜ぶ」と二人は決めてしまい、ミレーナを置いて船へと案内された。

巨大な客船は何本もの太いロープや留め具で複雑に固定されており、これらを手順通りに外し、すべてのロープが切られると、海へ続く板を滑り落ちる仕組みになっているそうだ。

ぴんと張られた別のロープにはシャンパンの瓶が括り付けられていて、切り離すと、振り子の要領で船体にぶつかるようになっている。海への捧げものとして、こうして酒瓶を割って送り出すのが船出を祝う習わしらしい。

リタに任されたのはこのシャンパンのロープ。女性でも簡単に切れる細いロープだ。

（合図に合わせてロープを切るだけならできそう）

たしかに、難しくない。

大丈夫だと頷けば、マルツィーニはほっとしたような顔を見せた。

「よかった。黄金瞳の方が船出を祝ってくれるなんて、式が盛り上がりそうです」

では後ほど、と別れ、出番が来るまでアルバートと共に席に戻る。ミレーナの姿はどこかへ消えていた。

貴賓席には船舶会社の人間や、アルバート同様に出資者、関係者が並び、たくさんの人が挨拶をするために声をかけてきた。

挨拶はほとんど同じことの繰り返しだ。

アルバートがリタを婚約者だと紹介し、相手は驚いてみせ、そしてリタの瞳を褒めそやす。

リタは控えめに微笑んでいるだけで、隣のアルバートが二人の馴れ初めを適当に話した。

ネザリエで捕まっていたところをアルバートが助けて、恋に落ちた——アルバートの思惑通り、黄金瞳のせいでなんだかドラマチックなストーリーのように受け取られる。金のやり取りや血生臭い銃撃戦のことなんておくびにも出さない。

無事に助けてもらってよかったわねえ、と婦人に微笑みかけられてちょっぴり顔が引きつった。カルディア島にいる人たちにとっては、ロレンツィ家は名誉を重んじる、尊敬し、畏怖すべき存在であり、反対にネザリエにいるギャング団は嫌悪すべき存在だという認識のようだ。

多くの人は祝いの言葉を述べてくれたものの、すべての人がリタを快く受け入れてくれるわけではなかった。

「ずいぶん急なことですな」

挨拶が一段落したところで声を掛けてきた年嵩の男性は、値踏みするようにリタを見た。小柄だが眼光の鋭い紳士だ。

アルバートは両手を広げ、親しい相手を迎えるように応じてみせる。

「恋とは突然落ちるものなんだよ、ポルヴェ。あなたにも祝ってもらえると思っていたのだけど」

のらりくらりとしたアルバートの受け答えにも男性は表情を崩さない。トップハットを取り、臆することなくアルバートに対峙する。

「いくら黄金瞳だからといっても、後ろ盾のないお嬢さんでは、アルバート様のお力になれないんじゃないかね」

「そんなことはありませんよ。リタはじゅうぶん僕の力になってくれています。屋敷に帰って、愛しい人が待っていてくれるというだけで支えになるものです」

恋だとか、愛しいだとか……、そんなこと思ってないくせに。

しれっとした顔で、思ってもいないことをよどみなく口にできるアルバートに、リタはいっそ感心してしまった。

「情熱的ですな。若き日のベルナルド様にそっくりだ。……あの方も、ある日突然リヴィア様を伴って戻られた」

「…………亡き父に似ていると言われる日が来るなんて、光栄です」

アルバートは笑みを深くしたが、その目は笑っていないように見えた。

ポルヴェと呼ばれた男性も、好意的な意味でアルバートの父親の名前を出したわけではないようだ。冷たい目でリタを一瞥した後、アルバートの方に視線を戻す。

「私は、リヴィア様との仲は反対でした。あの方はロレンツィ家の妻に相応しくなかった。あなたも、そのことでずいぶんと不愉快な思いをされたのですから、素性の知れぬ女性を迎え入れることに抵抗がないわけではないのです」

素性の知れぬ女性、と言われてどきりとする。それに、不愉快な思いって？

(この人は、わたしのことを良く思っていない……？)

アルバートは男性の言葉を鼻で笑い飛ばした。

「ポルヴェ。いつからロレンツィ家はそんなに高尚な家になったんだ？　僕たちはマフィアだ。欲しいと思ったものは手に入れる。父もそうだったんだろう。……それに、リタは母とは違う」

言葉を切ったアルバートはリタの手を取る。

婚約指輪を嵌められた手に軽く口づけられてもリタは大人しくしていた。

「彼女は信頼に足る人間だよ。賢く、貞淑で、秘密を守れる子だ」

「……そうあってもらいたいものです」

表面上はにこやかなのに、アルバートの声は怒気を孕んでいる。

ポルヴェがリタのことを良く思っていないかもしれないからではなく、アルバートは両親の話に踏み込まれたくないようだった。

リタもロレンツィ家に滞在するようになって不思議に思っていた。

父親は亡くなっていると聞いたが、アルバートの母親はどうしているのか。屋敷で見かけることはなかった。他の親族がどこにいるのかもよくわからない。

（……聞けば教えてくれるのかもしれないけれど……）

なんとなく、アルバートからは「家族」の匂いがあまりしない。無条件に愛され、可愛がられてきたような青年だとは思えないのだ。

ポルヴェと対峙するアルバートの肩が、……孤独に見えて。

リタは知らないうちに前に歩み出ていた。

「何か？」

怪訝な顔の老人を前に、すっと背筋を伸ばし、一礼。

老婆に厳しく仕込まれた淑女の礼だ。見様見真似でできるものではない。

そして顔を上げ、堂々と微笑んでみせる。

――アルバートが選んだ相手はわたしだ。わたしに文句があるのか、と言わんばかりの、マフィアの妻らしいふてぶてしい笑みを。

突然矢面に立とうとした少女にポルヴェは驚いていたし、リタも自分の行動に驚いた。

(ど、どうしてわたし、こんなことをしてるの)

まるでアルバートを庇っているような行動だ。背中を汗がだらりと伝う。

(だって、アルバートが、一人で戦っているように見えたから)

処世術に長けたアルバートは、リタよりもずっと大人びて見えていたが――彼はまだ二十一歳だとマーサから聞いていた。その若さで背負う重責や孤独を垣間見たような気がして、周りに望まれる姿を演じるアルバートを助けたいなんて思ってしまった。アルバートが望むような姿を演じてやろう、と身体が勝手に動いてしまったのだ。

(余計なお世話だった? 何してるんだろうって思われてる?)

自分のとった意味不明の行動に混乱して。

固まるリタに、アルバートの吐息が聞こえた。

くすくすと笑みを漏らして、リタの身体を軽く抱き寄せる。

「……ね、ポルヴェ。きみの嫌味から僕を守ろうとしてくれるなんて、いじらしいと思わないかい? ロレンツィ家にとって、最高の花嫁だよ」

アルバートの声音が柔らかいものに戻っている。

ポルヴェに対する攻撃的な態度はなりを潜め、婚約者を自慢するような、甘い視線で見つめられたリタは動揺を顔に出さないようにするのに必死だった。

　ポルヴェからしたら、子どもみたいに幼いリタが、マフィアの妻らしく振る舞おうと一生懸命背伸びしているようにしか見えないだろう。

（恥ずかしい。馬鹿みたい。アルバートにしてみたら、お飾りの妻としか思われていないはずなのに、何、頑張ってるんだろう……）

　だがポルヴェはそんなリタの態度に満足そうだった。

「……そのようですな。素性の分からない相手などと、失礼なことを申し上げました。あなたの胆力は見所がありそうです。どうぞ、アルバート様を支えてくださいますよう」

　刺々しさが嘘のようにリタとアルバートに向かって頭を下げる。

「こちらこそ、相談もなく勝手に話を進めてしまって悪かったね。古くからロレンツィ家を気にかけて下さるあなたを、ないがしろにしたわけじゃない」

　詫びを口にしたアルバートに、ポルヴェは、これ以上の口出しは無粋だと言わんばかりに帽子を頭にのせ、去っていった。

　リタの頭上で笑い声が漏れる。

　ポルヴェの去った方を見ながら、アルバートが肩を揺らして笑っていた。

「ふふ。あのじいさん、意外ときみみたいな健気なタイプに弱いのかもね？　僕のために一生懸命頑張ってくれて嬉しいよ、リタ」

（……あの人がいなくなった途端、このふてぶてしい態度……）

寂しい人なのかも、と同情してしまった気持ちを返してほしい。

自分の行動を後悔したリタの耳元で、アルバートは小さく「ありがとう」と呟いた。視線は合わせないアルバートの顔は――やっぱりどこか寂しそうで。

（ずるい、……そんな寂しそうな顔）

本当は弱い部分もある人で、悪ぶっているのは芝居なんじゃないかと思いたくなってしまう。

家族とうまくいかない寂しさならリタにもわかる。

……それとも、弱気な態度はリタの同情を誘うため？

どちらが本当のアルバートなのかわからず、疑う気持ちと信じたい気持ちの間でリタの心は揺れた。

前口上が述べられ、進水式がはじまる。

挨拶や祝辞が滞りなく進み、いよいよ船を海に浮かべる段になった。紹介を受けて、リタもぺこりと皆の前で頭を下げる。

そのまま貴賓席から抜け、船舶会社の役員に付き添われながら、ロープを切るための足場へと移動する。船のロープを切る水夫たちはすでに位置についていた。

「こちらをお使いください」

男たちには小ぶりな銀の斧が、リタには短剣が渡される。この日のために誂えられた斧と短剣はどちらもぴかぴかで、柄の部分に赤いリボンが巻かれていた。

マイクを持つ司会者の声に合わせ、貴賓席や後ろで見守る島民たちが掛け声をかける。合図のための笛が鳴り、水夫たちが斧を振った。

ロープは手順通りに切られていく。

合図に合わせてリタも短剣を振る。短剣の切れ味は抜群で、思っていたよりも簡単に、スパンとロープが断たれて慄いた。

シャンパンボトルが勢いよく船体に当たって砕ける音。

船は船尾側から水飛沫を上げて海に滑り落ち、色とりどりの紙吹雪が青空を舞う。ファンファーレが高らかに鳴り、見物客の歓声がわあっと響いた。

(良かった、終わった……)

ボトルが割れないと縁起が良くないと言われていたので、無事に役目を果たせてほっとした。設えられた壇上ではアルバートが祝辞のスピーチを述べており、軽妙なトークで場を沸かせていた。

あとは目立たない位置で大人しくしていよう。

そう思ったリタに、一般客と区切っているロープの向こうからミレーナが声を掛けてきた。

「……リタさん。うちの会社の重役があなたに挨拶したいって」

（挨拶？　わたしに？）

「こっちよ。来て下さる？」

言い置いて、ミレーナはさっさと歩きだした。

（アルバートに声をかけたほうがいいかな。でも……）

彼は壇上にいるし、ミレーナはリタを置いて行ってしまう。

仕方なくミレーナの後を追いかけた。真っ赤なドレスの少女は、リタがついてきているとわかると、仮設倉庫の裏手へと足を向ける。

ひと気のない方へ連れ出された時点で嫌な予感がしたが、思った通り、そこには重役などいなかった。

鋭い視線を向けたミレーナが振り返る。

「……いい気にならないでよね」

ギッ、ときつい視線で睨まれた。

「あなたなんて、アルバート様に相応しくないわ。なんにも喋らないで立ってるだけ、黄金瞳ってだけで、ちやほやされてるだけじゃない！」

（それは、この島にいるからそう見えるのよ）

リタがいた片田舎では、ただ奇異の目で見られてきただけだ。

ミレーナが思っているような良い思いなんてこれっぽっちもしてこなかった。

「私はずっと努力してきたわ。子どもの頃からずっと、アルバート様に好かれる女の子になりたいって思っていたのに！　あなたはアルバート様のことを好きなように見えない。彼のことが好きじゃないのなら、婚約者を降りて！　黄金瞳なんだから、貰い手なんていくらでもあるでしょ！」

突然、島に現れ、まわりから黄金瞳だと望まれ、愛されようとしているリタのことが気に食わない。その気持ちはわかるが、リタが婚約者の座を降りたところで、アルバートがミレーナを恋人にするとは思えなかった。

（だって、アルバートが求めているのは、人形みたいな相手だもの）

（こんなふうに文句をつけられたって、わたしは言い返せない。わたしが黙っていれば表立ったトラブルにもならないだろうし……）

きっとリタが自己主張し出したら嫌がるに違いない。

一方的に強い口調で詰られるのは慣れっこだ。

何を言っても反論できないリタに、やがて相手は飽きて去っていく。黙っていれば、そ

のうちミレーナも満足するだろう。うつむきかけたリタだが、

——顔を上げて。うつむかないで。

アルバートに何度も言われた言葉がよぎり、伏せかけていた顔は止まった。

堂々としていろと言われていたからこそ、リタは先ほどのポルヴェ相手に逃げ出さずに済んだ。アルバートから「ありがとう」と言われ、少しは役に立てたかもしれないと思えたのだ。無抵抗に生きてきたリタは、あの瞬間、ほんの少しだけ勇気を持てた。

（わたしにできること、もっと、何かあるかもしれない。黙って、下を向いてるだけじゃなくて）

ミレーナの翡翠色の瞳と視線がぶつかる。虚ろな目で下を見ていたリタの瞳に力が宿ったのを見て、ミレーナの語気が弱まった。

「な、なによ、その目……」

しかし、ミレーナはハッとしたように押し黙った。

人の声と足音が聞こえる。

倉庫に用があるのか、水夫らしき身なりの男たちがこちらへやってきた。

変な噂になると困ると思ったのか、それとも、ロレンツィ家がリタを探しに来ると困ると思ったのか。言いたいことだけ言ったミレーナは人がやってきた気まずさに「も、もういいわ！」と言い捨てた。足早に去っていこうとする。

背中を見せたミレーナに、水夫の一人が素早く動く。背後から抱きしめるようにミレーナの身体を捕らえた。

「動くな」


太い腕を首に回してミレーナの口を塞ぐ。彼女は目を見開いた。

驚いたリタも羽交い絞めされるように身体を拘束される。

(な、に……!?)

じたばた暴れてみたがびくともしない。

彼らは倉庫に荷物を取りに来た水夫ではないのか。

エンジン音と共に、薄汚れた年代物のセダンがリタたちの前に止まった。運転席にいるのはガラの悪そうな男で、水夫たち——いや、水夫に扮した男たちが声を荒らげた。

「乗れっ！　早く！」

(痛っ！)

ミレーナとリタは後部座席に押し込められる。

女二人を挟むようにドア側に男たちが乗った。細身の男たちだが、四人も座れば後部座席はぎゅう詰めで、リタとミレーナは身動きがとれない。

すぐに車は発進し、スピードを上げて港を出る。推進力がかかり、背中をしたたか座席の背もたれにぶつけた。

「きゃあっ！　なんなの！　あなたたちっ！」

ミレーナが声を上げる。

「こ、こんなことして、ただで済むと思っているの？　誘拐だわ！」

「ぎゃあぎゃあうるせえなあ」

助手席の男が威圧するようにこちらを睨んだ。

「この女、必要か？　目的は黄金瞳だけだろ」

懐から銃を取り出したのを見て——ミレーナは硬直した。リタも凍りつく。

「ひ、っ……」

「……見た目は悪くないから売れると思ったんだ。騒ぐようなら捨てる」

隣に座っている男に襟首を摑まれ、ミレーナは再び悲鳴を上げた。

「い……いやっ、助けて！　殺さないで！」

動いている車から放り出されると思ったのか、ミレーナは泣き出し、震えながら縮こまった。

リタも震える。

闇市に連れて行かれた時も無理矢理攫われた。……まただ。また攫われて、どこかに連れて行かれるのか。だけど、前と違うのは、リタが攫われたことに気づいてくれる相手がいること。アルバートはリタがいなくなったことに気づいているはず。でも。

(気づいていても、助けてくれるの？)

ミレーナにとった冷たい態度。

笑っているのに、何を考えているのか分からない瞳。

何もしなくていいよと屋敷に閉じ込め、黙って側にいることを命じ——もし、リタが逆らったら。アルバートに利するようにリタが動いているうちはいいかもしれない。でも、必要ないと判断されたら、リタはどうなるんだろう。

あれ？　死んじゃったの？　じゃあ仕方ないか。……そうやって、見捨てられるんじゃないか。アルバートの気分ひとつで、いつでも切り捨てられてしまうんじゃないかと怖くなる。

車はスピードを上げて大通りを駆け抜けた。

今日は進水式で、街の人たちのほとんどが港にいる。空いた道路を見て、男たちはラッキーだと思ったようだった。

ひと気のない街。郊外へ向かうほど車はいなくなる。

外に出ることがないリタでもおかしいと思った。街は静かすぎる。不自然なほどに。

(罠だ)

リタがそう思ったのと同時に、車は右に急旋回した。

勢いよく身体が傾き、リタの隣にいる男が悪態をつく。

「っぶねえ！」

「来たぞ！」

運転手が上ずった声を上げる。

バックミラー越しに、黒塗りの車が数台、猛追してくるのが見えた。

（ロレンツィ家……！）

「くそっ、思ったより早かったな！」

「振り切れ！　他に車もいねえ！　スピードを上げろ！」

狭い道は通れない。セレーノの地理に明るくないらしい男たちは、自然と大通りを走ることになる。フロントガラスの向こう側では、十字路に黒塗りの車が陣取っていた。もちろん背後からも追いかけてきている。

「待ち伏せか、くそっ！」

「こっちにゃ女が乗ってる！　撃ってこないだろ突っ切れ！」

怒声と共に運転手がアクセルを踏み込んだ。

外で銃を構えている構成員たちを轢き殺そうとでもするかの勢いで。

しかし、男たちの目論見は外れ、ロレンツィ家側はリタやミレーナが乗っている車でも発砲した。

車の前部に弾が当たる音。サイドミラーが曲がり、ミレーナが悲鳴を上げる。リタはミレーナと共に、頭を抱えて体勢を低くした。

スピードを出していた車は、バン、と跳ね上がり、不自然に左に傾いた状態で停止した。弾がタイヤに当たり、パンクさせられたのだ。いらだった運転手がハンドルを叩く。

「くそっ！」

リタの隣に座っていた男は、リタの腕を強く引っ張った。

「来い！」

（痛！　離してっ……）

抵抗虚しく、簡単に車の座席から引き離される。

車外に無理矢理連れ出されたリタのこめかみに、男は銃を押し当てた。

「来るな！　女を殺すぞ！」

リタが人質にとられた瞬間、ロレンツィ家側の動きが止まった。

ロレンツィ家の動きを止められても、男たちに逃げ場はない。車を取り囲むようにロレンツィ家がいるし、数の上では圧倒的に不利なのだ。

コツン、と革靴の音が響く。

アルバートの靴の音だとすぐにわかった。あのぴかぴかに磨かれた黒い革靴が、ゆっくりと歩いてくる音。

構成員たちの間から、銃口を真っ直ぐにこちらに向けたアルバートが現れた。

「――彼女を離せ」

大きな声を出しているわけでもないのに、アルバートの声はよく通る。

「そ、それ以上近づくとこの女を殺す！」

男は上ずった声でアルバートを脅す。

だが、残念ながらまったく脅しになっていなかった。

アルバートは顔色ひとつ変えず、一歩、距離を詰める。

「誰の命令で動いているんだ？」

「………来るなって言ってんだろ！」

「誰の命令だ？　言え。彼女のことを解放するなら、見逃してやってもいい」

「……っ……」

ぎり、とリタを抱える腕に力が込められる。

（っ、くる、し……）

絞められている首も、銃を押し当てられているこめかみも痛い。

アルバートは苦しむリタを見ても平然としている。男が想像していたような、「彼女を離してくれ！」と即座にホールドアップするような展開にはならなかった。

……当然だろう。アルバートは、別にリタのことが好きじゃないのだから。

焦りも見せず、リタの命なんてどうでもいいという顔をして、男に圧力をかけている。

そんな抵抗は無駄だとあざ笑うかのように。

「その子を殺したところで意味はない」

「う、うるせえ」

「お前たちは金で雇われているだけなんじゃないのか？　こちらの指示に従えば殺さない。

お前たちに逃げ場はない」

「……っ」

「……こんな指示を出したのは、ゼノンたちなんだろう？」

すべてわかっているんだと言わんばかりの声音に、男は観念したように口を開いた。

「……そうだ。黄金瞳には別の買い手がついていたから、取り戻してこいと……」

「別の買い手？」

「そこまでは俺たちには知らされていない。幹部と、その買い手が懇意らしいってことし
か……。…………お、女を解放すれば、本当に見逃してくれるのか？　俺たちは、本当
に、金で雇われてるだけなんだ！」

「ああ、もちろんだ。約束しよう、殺さない。……とっととこの島から出て行ってくれる
なら、それでいい」

さあ、と促すと同時に、アルバートは構えていた銃を下ろした。ボス自ら、敵意はないと示して見せたことに、リタを抱える男に迷いが生まれる。

男は悩んでいたが、リタに突きつけていた銃を離した。

「リタ」

立ち尽くすリタは、静かに名前を呼ばれる。

それだけで息が止まりそうになった。アルバートの気持ちひとつで、自分の命なんて握りつぶされてしまいそうな、蛇に睨まれているような、そんな感覚に。

「──来なさい」

すでにミレーナは車から解放されている。泣きながら一目散にロレンツィ家側に逃げ込んでいた。

リタは素直にアルバートの元に行くことができない。

(なんで……、なんでこんなに、不安になるの……？)

迷いながらも、リタがアルバートの元に踏み出した、

……瞬間、

鮮血が上がった。

リタを捕らえていた男に銃弾が撃ち込まれ、後ろにひっくり返った男の腹からはどくどくと血が流れる。

(!)

撃ったのはアルバートだ。

車内にいた男たちも、抵抗虚しく、取り囲んだロレンツィ家側が引き金を引く。

銃声と、叫び声と、血の匂い。ミレーナの悲鳴が上がる。リタの足元に血だまりが広がる。

恐ろしくて、振り返ることもできない。突っ立ったままのリタの手足からすうっと血の気が引いて、その場に倒れ込みそうになる。

(ころさない、って、いったのに)

「……殺さないわけないだろ」

殺さないと約束した口で、アルバートは簡単に裏切ってみせた。

淡々とした口調で、銃にセイフティをかけて、懐に戻す。

流れるような、手慣れた動作だ。そうしてにっこり微笑みを浮かべれば、いつも通りのアルバートの姿が出来上がる。

アルバートは明るい表情を作ると、リタに歩み寄った。

両手を広げて、リタの薄い身体をぎゅっと抱きしめる。

「無事でよかった。心配したよ」

（っ、嘘、ばっかり！）

リタはアルバートを突き飛ばした。

無事でよかった？　本当にそう思っているの？

（……車、何台もロレンツィ家から出してきてる。先回りして、セレーノから出られないようにしてた。今日、ゼノンたちが襲ってくるって知ってたみたいに）

リタを進水式まで外に出さなかったのも。

港に人が集まっていて、街に人が少ないのも。

（全部、アルバートの計画通りなんじゃないの？）

進水式に出てきたリタが、再び屋敷に閉じ込められる前に男たちが動くと踏んで。港から出るのをわざと見逃したようにしか思えない。

うまく男たちを誘導し、街外れで始末するために。

アルバートは、小さな子どもを説得するような声を出した。

「……リタ、きみは狙われやすい存在だ。こうして熱烈に追いかけてくる輩がいるみたいだしね」

（だから？　だから、殺したの？）

ぎゅっと拳を握った震える手を、アルバートは無感情に見つめた。

「……殺さないと、ゼノンたちへの牽制にならない。見逃したら、また別の人間を送り込んでくるかもしれない。この島を荒らされたら困る。だから殺す」

リタへの説明のようでいて、言い訳のような言葉だ。

リタは——リタは、殺さないでと言える立場ではない。

でも、救ってくれてありがとうとも言えない。

「外は危ない。でも、屋敷にいれば安全だよ。これから先も僕たちが守ろう」

このまま頷けばリタは籠の中の鳥だ。部屋に鍵なんかつけなくても、窓に鉄格子なんてなくても、アルバートはリタを屋敷に閉じ込めることができる。アルバートは、リタが自主的に外に出なくなることを望んでいるのだと、今、はっきりと分かった。

愛も意志もいらない。側にいる女性なんて、誰だっていい。リタがいなくなれば、また新しい誰かを妻の席に座らせるだけ。

大人しくて従順な、人形のような相手を。

(そうして、守ると言った口で、わたしのことも……)

……いらなくなったら、殺すのか。

——わたしは、それでいいの？

芽生えた自我のようなものが、リタの心に問いかける。

黙って従って、もし殺されたとしても。仕方ないなんて割り切れるのか。

（割り切りたくない。そんな生き方、わたしはやっぱり嫌だ……！）

「さあ、帰ろう」

伸ばされたアルバートの手を振り払う。

（わたしはあなたの思い通りになんてなりたくない！）

リタはアルバートの頬を叩いた。

パン、と乾いた音に、構成員たちの視線が集まるのを感じたが、そんなもの気にならなかった。

……黙って言いなりになってるだけではだめだ。

自分の頭で考え、動かなければ、あっという間に見捨てられて死んでしまう。

リタがはじめて見せた反抗的な態度に、アルバートはうっすらと笑みさえ浮かべてみせた。笑っている。闇市から逃げてきたあの夜のように。面白がるように、冷たい笑みを。

じんと痺れる手を握りしめて、リタは真っ向からアルバートを睨みつけた。

そうでないと怖くて、震えて、今にも逃げ出してしまいそうだったから。

4 ここにいる理由

「……なんてことだ……」

ぐしゃりと朝刊を握りつぶした男は、硬い椅子に座りこんだ。

でかでかと紙面を飾っているのは派手なカーチェイスと銃撃戦だ。

進水式に現れた不届き者が、ロレンツィ家に匿われている黄金瞳の少女と、マルツィーニ家令嬢を誘拐。ロレンツィ家が無事に人質二人を奪還したというもの。

たまたま港に住人が多くいたため、人的被害はなかったそうだ。

内容はロレンツィ家におもねっており、彼らがセレーノの治安維持のために尽力しているような書き方がされている。

「……このままではいけない」

奇跡的に人質二人は無傷だと書かれているが、この先、いつ、どこで、彼らの抗争に巻き込まれて命を落とすとも限らない。

助けなくては。

自分なら、彼女を救ってやれる。

握りつぶした新聞記事を投げ捨てると、男は古い知人を頼るために手紙を書き始めた。

閉めっぱなしのカーテンのせいで部屋の空気は淀んでいた。ベッドに寝転がったリタは、寝不足気味の頭でぼうっと天井を見つめる。

昨日の進水式の一件から、リタは丸一日部屋に閉じこもっていた。

カッとなってアルバートを叩いたが、アルバートはあの場ではリタを罰したりはしなかった。車に乗って先に屋敷に帰るようにと言われて——従った。

あなたたちのところに帰りたくないとは言えなかった。

リタには他に行くところなんてない。狙われやすい存在で、彼らに守ってもらうしかないということも分かっている。

……分かっているけど、出ていく勇気のない自分にも腹が立ち、物みたいにしか思われていないことに傷つき。目をつぶれば銃声や血の匂いが蘇ってきて、鬱々とした気分で閉じこもっていた。

が、引きこもりは長くは続かない。

（……なんでこんなときでも、人ってお腹が空くんだろう……）

空っぽの胃がしくしく痛む。

闇市に売られるときに丸二日食べていなかったのが嘘みたいだ。三食きっちり食事を与えられることに慣れてしまい、身体が食べ物を求めている。

（自分で食べに降りていかないと、ご飯にはありつけないのよね）

親切に食事を運んでくれるような人はいない。

いや、あと数日引きこもればさすがに誰かが様子を見に来てくれるかもしれないが、甘えているようでそれも嫌だ。

リタは溜息をつくと、部屋を出た。

夕食にはまだ早いし、人は少ない時間だろうと踏んで食堂に入る。

思った通りがらんとしていたが、出入り口の近くのテーブルを陣取っている男たち数人が気になって、リタはいつも開けっぱなしの扉の側で立ち止まってしまった。

彼らの前を通るの、気まずいな……と躊躇っているうちに、話の内容が聞こえてきてしまう。ますます入るタイミングを逃した。

「こないだの件で半壊した店、買い取ったんだって？」

「えっ⁉　その店って確か、金積まれてもぜってえ立ち退かねえって言ってたじいさんだろ？」

「そうそう、そのじーさんだよ」

「俺らが一斉に撃ったから結構派手にガラス割れたし、看板も吹き飛んじまったしな。まーでもビビる気持ちもわかるけど」

「まあなあ……。貰えるもん貰ってどっかで隠居した方がいいって思ったんだろうなぁ」

彼らの前に置かれている皿は空になっているので、だらだらとした雑談だ。

どうしよう、と立ち聞き状態になっているリタは固まる。

「アルバート様、そこまで計算してたのかね」

「どうだろうな……。俺、あの人苦手」

（！）

アルバートの名前が出て、自分の事でもないのに、どきっとしてしまった。

「なんか、何考えてんのかイマイチ分かんねーし。グレゴリオ様とかベルナルド様はもうちょっと気さくだったのによー……」

「あー……頭はいいんだろうけど、腹の中で人のこと馬鹿にしてそう」

「わかる。とっつきにくいしな」

「……おい、こんなとこで滅多なこと言うな。殺されるぞ」

「あ、ああ……悪ぃ悪ぃ。つい」

アルバートのことを苦手だと言った男は、「俺もう行くわ」と立ち上がった。

リタは、たった今来ましたという顔をして、うつむいたまま食堂に入る。リタを見ると、他の男たちもそそくさと皿を片付けに立ち上がった。

……なんだか複雑だ。

（アルバートは、あんまり好かれていないのかな……。そりゃそうよね。顔はニコニコしているけど、お腹の中は真っ黒だし）

アルバートにとっては、人に優しくするのも損得勘定も全てセットだ。

そういう人を小馬鹿にしたオーラが滲んでいるせいで、部下からの人望もないのだろう。

ざまあみろ——などと思いかけて、無性に悲しくなった。

（別に、マフィアが仲良し組織だなんて思っていたわけじゃないけど、ロレンツィ「ファミリー」っていうくらいだから、もっと信頼し合っているのかと思ってた）

エミリオやマーサには気を許しているように見えたからだろうか。

アルバートの人を従わせることに慣れた態度や、周りとの相容れなさが、構成員たちには遠巻きにされているような気がした。

食事を貰って、誰もいないのに隅の席に座る。

数人で固まっているグループや、一人で黙々と食事をする人間など、これだけ色々な人が出入りする屋敷なので、リタはいつもこの隅の席で目立たないようにしながら周りを観察していた。

（そういえば、アルバートが食堂で食事しているのって見たことない）

ご飯を食べたり、睡眠をとったり、そういう暮らしぶりがまったく見えないからこそ、人間らしさみたいなものが感じられないのかもしれない。

食事を終えたリタに、マーサが声をかけてきた。

「あら、リタ。もう大丈夫？」

さすがに様子を見に行こうかと思ったわ、と明るく言われる。その表情を見ると、マーサもやっぱり「ロレンツィ家」の人間なのだな、と思った。

あの場にはいなかったマーサだが、昨日のような事件も、なんてことのない日常の一部なのだろう。争いを怖がったり、血に怯えたりするような、そんな様子はまるで見当たらない。

大丈夫だからと頷いたリタを見て、マーサはぱちんと手を叩いた。

「ねえ、今からお菓子を焼こうと思うんだけど、手伝ってくれない？」

（…………）

「部屋に閉じこもっていたって暇でしょ？」

（…………暇だわ）

言いなりにならない、と決意したところで、部屋から一歩も出ないのではアルバートの思うつぼになっているだけな気がする。

《お菓子、作ったことないけれど、わたしでも手伝える？》

「平気よ。簡単だもの」

そう言われて、マーサの誘いに乗った。

食堂の半地下につくられた調理場は静かだ。石造りの壁と、ここを仕切っている強面の男性のせいで、まるで物語に出てくる城の地下牢みたいだと思う。

夕食の仕込みまで終わっているらしく、皮を剝いた玉ねぎやニンジンが隅のバケツに積まれていた。

「トニオ。ちょっと場所借りるわね」

「おう。俺は一時間くらい外に出るわ」

入れ違いで強面の男性が出ていった。

リタが手洗いをしている間に、大きなボウルにマーサが卵を割る。卵白と卵黄に分け、卵白の方をさらに二つに分けた。リタの担当ということらしい。

「じゃ、これを泡立てていくわね」

泡立て器で角が立つまで泡立てるとメレンゲになるのだそうだ。

マーサを真似ながら、ここ数日のフラストレーションをぶつけるようにリタは手を動かしたが……。

（お、お菓子作りって体力がいるのね……！）

感覚がなくなってきた手首を動かしながら、リタはボウルの中身をかき混ぜる。

マーサのボウルの中身があっという間に白っぽく、キメの細かい泡ができていくのに対して、リタの方はなかなか泡が立たない。想像していたよりもずっと大変だ。

苦心して泡立てたところに、マーサがふるったアーモンドパウダーと砂糖を投入する。ぱさついた生地を一生懸命混ぜ続けると、ひとかたまりになっていく。一口サイズにちぎって丸める作業を続けるうちに、リタはいつの間にか無心になって集中していた。

オーブンで焼いている間に調理器具を片付け、やっと一息。

一仕事終えて疲れた顔をしているリタを見て、マーサはカラカラと笑った。

「何かしていたほうが気が紛れるでしょ？」

確かに、気分は少し晴れた。

頭が空っぽになって、少しだけ心に余裕ができる。

《マーサ、聞いてもいい？》

「何かしら？」

《どうしてマーサはロレンツィ家にいるの？》

圧倒的に男性が多いロレンツィ家で、普通の主婦にしか見えないマーサは目立っていた。

そして構成員たちも、マーサのことを尊敬し、親しみを込めて接している。それが、リタには少し不思議だった。

「ああ……、それはね、私の夫がロレンツィ家の構成員だったのよ」

マーサはエプロンで手を拭くと、焼き菓子を冷ますためのケーキクーラーを準備した。

(旦那さんが……？)

この屋敷にいるのかと思ったが、もう亡くなったのだと言われて驚く。

「夫が亡くなって、やけっぱちだった私を、グレゴリオ様が――アルバート様のおじいさまに当たる方が拾ってくださったのよ」

《それで、マフィアに入ったの？》

「ええ。夫がいなくなって、私は取り残されて……。あの人がいた世界を見てみたいって思ったの。銃なんて持ったこともなかったけれど、どういう覚悟で引き金を引くのか、知りたかったのかもしれないわね」

どういう覚悟で？

リタにはわからない。アルバートたちが銃を撃つ理由が。

彼は理性的なタイプだと思う。怒りに任せて引き金を引くような性格ではない。快楽殺人鬼みたいに楽しんでいるようにも見えない。

《怖くなかったの？　だって、》

理由を正当化したって、犯罪者たちの仲間に入ることに。

マーサは肩をすくめた。

「私からしたら――愛した人がマフィアだっただけ。ただそれだけなのよ。だからここに来た。ここに来て、ずいぶん長い時間を過ごしたわ。銃を使うことは、私はほとんどないけれど、ここにいるあなたや、アルバート様を守るためなら、私は引き金を引くわ。そういう気持ちで、私はここにいる」

答えになったかしら？　と微笑まれて、リタは難しい問題でも与えられたような気持ちになった。

《マーサは、アルバートを信じられる？》

「ええ。信じていますよ」

なんのてらいもなくそう言った。

嘘には見えない。先ほどの、アルバートへの苦手意識を語っていた構成員たちとは真逆の反応だ。

（わたしはロレンツィ家のこと、ほとんど何も知らない。ここにいたくているんじゃなくて、買われたから、ただここに住まわせてもらってるだけ）

アルバートはリタのことを信用していない。リタもアルバートのことをよく知らないから、利用されているだけなんだという気持ちの方が強くなってしまうのだろう。

自分の居場所は、自分で作らないといけない。

オーブンから甘い匂いが漂ってくる。

焼けた菓子を取り出すマーサに、リタは訊ねてみた。

《マーサ、わたしに手伝える仕事って他に何かないかしら。雑用みたいなことでもいいの。お皿洗いとか、掃除とか……》

「あると思うけど……、仕事をしたいならアルバート様の許可が必要よ」

《どうして？》

「あなたの行動の決定権はアルバート様が持っているもの。私たちが勝手に、あなたに仕事を頼むことはできないわ」

ということは、こうしてお菓子作りを手伝わせてくれているのも、アルバートは知っているの？　……行動を把握されていると思うともやもやしたが、そうやって気遣われていることを、嫌だとは思えないから困るのだ。

銃を突きつけられて脅された方が、よっぽどいい。

そうしたら、アルバートのことなんて大嫌いになれるのに。どこかで彼のことを信じたいと思っているから、だからこんなにも、苦しい。

ポルヴェとのやりとりや、構成員たちとの関係から垣間見えたアルバートの孤独も、リタがこの屋敷に踏みとどまる理由になっている。

焼き上がった一口サイズのアマレッティを取り出し、マーサはティーセットを用意した。

ここで彼女とお茶をするものだと思っていたリタは、菓子と茶器の乗ったトレイを手渡されてきょとんとしてしまう。

「さ、それじゃあリタ、アルバート様のところへ持っていってちょうだい」

（えっ）

「何か仕事がしたいんでしょう？　だったら直接アルバート様に自分の気持ちをぶつけたらいいわ」

（でも……）

「言ってみなきゃ始まらないでしょ。言ってみて、だめだったらまた考えればいい。……リタは自分の気持ちを押し込めずに、ちゃんと出せるようにならなきゃだめよ」

アルバート様を叩いた時のようにね、とマーサは片方の目をつぶる。

例の一件は現場を目撃したエミリオによって、ロレンツィ家中に吹聴されているとその時に知った。

アルバートの執務室の前で足踏みする。

決して怖気づいているわけでは、……ない、と思う。

両手が塞がっているのでノックできないのだ。こんな時に限って誰も通りかからないし、食べ物を床に置くのも気が引ける。

足でドアを蹴飛ばそうかと悩んでいると、小脇に挟んでいたスケッチブックが落ちた。

バサバサ、と紙の広がる音に、「……リタ？」と部屋の中から声がかかる。

人の気配はあるのに、いつまでもノックがないのを不審に思ったらしい。アルバートが扉を開けてくれた。いつも通りの、爽やかな笑顔を向けられる。

「どうしたの？　ああ、お茶を持ってきてくれたのか」

リタは頷く。扉を押さえていてくれる間に部屋に入らせてもらった。

トレイをテーブルに置いて――緊張する。

はじめて入るアルバートの執務室は、高級感溢れるアンティーク調の家具で統一されていた。おそらくは代々受け継がれてきた部屋なのだろう。ファブリックだけが青を基調としたシャープなデザインで、今の部屋の主の好みを反映させたものだとわかる。

スケッチブックを手渡され、座りなよ、と促された。

ティーカップは二客ある。リタがここでお茶をしていくものだと思われているのだ。

アルバートは慣れた手つきで、リタの分の紅茶も淹れてくれた。スライスしたレモンを浮かべるのがいかにもカルディア島民らしい。

「……僕とお茶はできない？」

アルバートは微笑んでいるが、やっぱりリタが叩いたことを怒っていたり――するのだろうか。カッとなって叩いてしまったが、「わたしは間違ったことはしていない」と開き直れるほどリタの心は強くない。

居心地悪くソファに腰掛け、アルバートを窺うような態度をとってしまう。

強張った表情のリタを横目に、隣に座っているアルバートは涼しげな顔で紅茶に口をつけた。

《あの、昨日叩いてしまったことだけど》

「ああ、気にしてないよ。怖くて気が動転してしまったんだろう？」

《違うわ、わたし、》

「このアマレッティ、美味しいね。リタも食べなよ」

書いている途中で遮られる。

アルバートが焼き菓子をひとつつまんでリタの口元に運んだ。

「ほら」

仕方なく口を開ける。焼きたてのアマレッティはほんのり温かく、素朴な味わいだ。

もぐもぐと口を動かすリタに、アルバートが追加で菓子を食べさせてくる。

飲み込むともうひとつ。また食べるともうひとつ。

口の中が渇いてきて、地味な嫌がらせだとしか思えない。リタは《怒ってるの？》とスケッチブックに走り書いた。

《怒ってるなら、そう言って。笑いながらねちねち虐められるのは、やだ》

「怒ってなんかいないって。だってきみ、謝りに来てくれたんだろう？」

……怒っているじゃない。

顔は笑っているけれど、滲み出る圧力に屈しそうになってしまう。

それでもリタは首を振った。

《謝りに来たわけじゃない》

「じゃ、何しに来たの？　マフィアの元にいるのが嫌になって、ここから出してくれとでも言いに来た？　きみは自分の立場をわかっている子だと思ったけど」

《わかっているわ。ここを出たって、わたしに居場所はない。わ、わたし、仕事をさせてほしくてここに来たの！》

緊張で文字がぶれてしまった。

そんなリタの決意に、アルバートはきょとんとしている。

「マフィアの仕事を手伝いたいの？　銃も撃てないようなきみが？」

銃どころか、リタはここに来てから何もしていない。

何もしなくてもいいというアルバートの言いつけを忠実に守り、部屋に引きこもっていたのだ。今さら何を言っているんだと思われても当然だ。

《雑用ならいくらでもあるでしょう？　掃除とか、洗濯とか……》

「掃除してどうするんだい？　……言ったよね？　僕はきみに雑用をさせるつもりはない。あの部屋で大人しくしてくれるだけでいいって」

《部屋に閉じこめられるのは嫌なの。助けられて、世話してもらってることはありがたいと思っているから、だから、働いて、恩を返すわ！》

贅沢と引き換えに引きこもって暮らすより、働いて、人との交流を持ちたい。言われたことに従うだけじゃなく、自分の目でロレンツィ家を見てみたいと思ったのだ。アルバートのこともちゃんと知って、真っ当な関係を築きたい。それが、リタが考えた答えだった。

「きみに与える仕事なんてないよ」

小馬鹿にしたような声音だ。低くて、ざらついていて、人の心を逆なでするような言い方。今まで、いかに取り繕った声ばかり聞いてきたかよくわかる。

《ないなら探すわ》

「そんなことをしたって僕は考えを変えるつもりはないよ。はじめに言った通り、きみには僕の花嫁になってもらう。今さら、下働きになりたいなんていう意見は聞かない」

《働くのは、あなたの考えを改めてほしいからじゃない。わたしが、ロレンツィ家のことをもっとよく知りたいからよ》

下ばかり向いていたリタが真っ向から意見を述べたことに、アルバートは僅かに驚いたようだった。が、ばかばかしいとでも言わんばかりに鼻で笑う。

「勝手にすれば?」

冷たく突き放されて心が折れそうになった。

でもここでくじけたら何も変わらない。

逆らわずに大人しくしていろ、黙ってやり過ごせ、という長年身についた後ろ向きな気持ちを捻じ伏せる。

《ええ、勝手にするわ》

冷めてしまった紅茶をぐーっと飲み干したリタは、自らの決心が鈍らないうちにアルバートの部屋を出た。


「で、本当に掃除してるわけ?」

アルバートから呆れたように声をかけられ、リタは窓を拭いていたクロスを握りしめる。

怖いものなどないとやけくそ気味に開き直ったリタは、すぐに行動に移したのだ。自分にこんな行動力があったのかと驚いた。

その辺りにいた構成員を捕まえ、《掃除道具を貸して》と頼むと、突然すぎるリタの行動に、「掃除って普通の掃除だよな? 誰かを消してこいとか、死体処理させてくれって意味の掃除じゃねえよな？」と真顔で確認されてしまった。

廊下で窓拭きを始めたリタは、行き交う構成員たちから変な目で見られている。アルバートは、みっともないからやめろと注意をしに来たのかもしれない。

《勝手にしろって、あなたが言ったんじゃない》

「言ったけど。予想外のことばっかりするね、きみは。こんなに思い通りにならない子ははじめてだよ」

溜息をつかれて身をすくませる。

「…………そんなに何かしたいなら、手習いの教師でも呼んであげよう。刺繍だとか、絵画だとか、そういうもののほうが気が紛れるだろう」

魅力的な誘いだが、リタは首を振る。

刺繍も絵画も、部屋の中に閉じこもることになってしまう。それでは意味がないのだ。

《いいの。暇つぶしで掃除してるわけじゃなくて、働きたくて働いてるの》

「……ああ、そう」

折れないリタの態度に、今度こそアルバートは説得をあきらめたらしい。

それ以上は何も言わずに去っていった。リタも追いかけたり謝ったりすることもなく、脚立を移動させて内窓を拭く。

（わたしはお飾りの婚約者なんだから、余所行きの時だけきちんとしていればアルバート

は文句ないはず。お嬢様みたいな習い事をするより、働いていたほうがよっぽどいい）

掃除は得意だ。

オリガの家にいた時は、掃除をするか、本を読むかしかやることがなかった。あの頃はそれしかすることがないという後ろ向きな理由だったが、今は少し違う。

（外側が結構汚れてる。明日は読み終わったタブロイド紙を貰ってきて、外側を綺麗にしてみよう。濡らして拭くと汚れがよく取れるのよね）

こんなところを掃除したって、ほとんどの構成員たちは誰も気が付かないだろう。何かを生み出すわけでもない、マイナスをゼロに戻すような作業。だけど、それでいい。

言われるがまま引きこもるより、リタはリタなりのやり方でロレンツィ家に関わっていこう。

（いてもいなくても一緒だと思われたくない。いたらほんのちょっとだけ役に立てるような、……死んだら惜しいと思ってもらえるような、そう認めてもらえるようになろう）

そんな決意と共に手を動かすと、薄汚れていた窓のくもりが取れて、視界がクリアになったような気がした。

——その様子を離れた場所からアルバートは見ていたが、掃除に集中し出したリタは気が付かなかった。

ある日の午前中。

リタはサロンにある飾り棚にはたきをかけていた。

出入りする構成員たちはリタに気づいても特に何も言わない。

突然働きだしたリタに戸惑っている構成員は多かったが、アルバートがやめさせろと指示を出すわけでもないので、「まあ、なんかよくわからないけど、好きなようにさせてこう」とでも思われている気がする。リタも掃除に集中しているふりをして、素知らぬ顔で手を動かしていた。

「おー！　ほんとに掃除してんだな。ご苦労ご苦労！」

人の気配がしたと思うと、尊大なねぎらいの言葉がかけられた。

（つわ、え、エミリオ……）

滅多に話しかけられることがないため、びっくりしてはたきを落としそうになる。

髭もじゃのエミリオがリタの背をばしんと叩いた。

「なーんか意地になって掃除してんだろ？　アルバートが手に負えないってぼやいてたぜ！　あいつを困らせるなんて、なかなかやるじゃねえか」

そう言ってニヤニヤ笑う。

（……これ、褒められてないわよね？）

そんな愚痴みたいなことをエミリオにこぼしたのかと思うと、アルバートにどう思われているのか気になったが……。《わたしに何か用？》とスケッチブックに書く。エミリオはスーツのポケットから剝き出しの紙幣を数枚取り出した。

「うまいもん食いに行こうぜ」

《遠慮しておく》

「そんなこと言うなよ。あんたの機嫌取ってこいってアルバートに頼まれたんだ。俺にとっちゃ、あんたの接待っていう仕事だ。来てもらわないと困る」

エミリオが手にしているのはアルバートからの「お小遣い」らしい。

これで美味しいものでも食べてきなさいって、まるで子どものご機嫌取りじゃない。リタは少々むっとしてしまう。

《ご機嫌取りならいらない》

「うまいものいっぱいあるぞ。市場に行こうぜ。あんた、行ったことないだろ」

（……ないけど）

「掃除なんかいつでもできるじゃん。滅多にない、外出していいチャンスなんだぞ？」

外出を許されていなかったリタにとって、魅力的すぎる誘いだ。

（アルバートに誘われたらついて行かないけど、エミリオに悪気はないわけだし……）

「俺、腹減ってるんだ。ああー市場でなんか食いてぇなあー」

棒読みの芝居を始めたエミリオに、リタは突っぱね続けることもできずに渋々頷いた。

《わかった。一緒に行くわ》

頷いたリタに、エミリオが髭面の奥で笑う。

「決まりだな。んじゃ、着替えてこいよ」

掃除をするために適当に髪を縛り、袖を捲り上げたリタは、「アルバートの婚約者」として外出するには不格好すぎる。大急ぎで掃除道具をしまって部屋に戻った。

クローゼットを開け……、短い時間悩む。

大胆な花柄のスカートや、デコルテがきれいに出そうな大人っぽいカットソーには手が伸びず、無難な紺色のワンピースを手に取った。リタのクローゼットの中身は店が開けそうなほどたくさんの服が詰め込まれているが、まったく活用されていない。

（急がなきゃ）

エミリオを待たせるわけにはいかない。小走りで玄関ホールに向かうと、ポケットに手を突っ込んで立っているエミリオの後ろ姿が見えた。足音でリタが来たと気づいたエミリオがくるりとこちらを振り返る。

その顔を見て唖然としてしまった。

さっきまで話をしていたエミリオじゃない。

青い瞳が印象的な、彫りの深い顔立ちの美形の男性がそこにいるのだ。

(だ、誰!?)

いや、エミリオだ。

目を疑ってしまったがエミリオなのである。

「なんだよ、その顔」

(だ、だって……)

声も、体格も、変わり映えのしない黒っぽいスーツも同じなのに、誰と問わずにはいられない。顔を覆っていた髭はさっぱりと剃られ、伸び放題だった茶髪も短く切られていた。

「見とれるほど格好いいってか?」

(詐欺だわ……!)

アルバートがきれい、とか、品がある、と形容されるような美形なら、エミリオはもっと男性的で野性味溢れる顔立ちの美形と言ったところだろうか。

どうしてこの顔を隠していたのかわからない。リタはてっきりエミリオはかなり年上なのかと思っていたが、そういえばマーサがエミリオのことを「坊ちゃん」付けで呼んでいたことを思い出した。

「ふっふっふ。自分の見てるもんが正しいとは限らないんだぜ、リタ。髭面は俺の変装!

決して面倒だから伸ばしてるわけじゃあねぇんだぜ」

ここにアルバートやマーサがいたら、「いや、単に無精してるだけだろう」と突っ込むところだが、リタは素直に感心した。

《そうだったの。確かに、おじさんのふりをした方が貫禄が出るものね》

「おじさ……っ⁉　俺、アルバートとたいして年変わらねぇんだけどな……」

（えっ？）

「オイなんだその顔は」

凄まれたが怖くはない。

出会ったときは荒々しくて怖かったし、この間リタが攫われたときだって、彼は容赦なく敵を撃っていた。

怖い面はたくさん見てきたはずなのに、出会ったときよりも怖さは薄れてきている。

（ああ、そうか。エミリオのこと、わたしは全然知らなかった。怖い一面だけじゃなくて、面倒見のいいところや、明るいところだってあるって知ったから……）

物事に裏と表があるように、知らない部分を知れば、その相手に愛着が湧く。

……アルバートにも、そんな一面があるのだろうか。リタはまだ、彼の心に踏み込むことを許されていないような気がした。

エミリオが連れてきてくれたのは新市街地にある市場だ。

島に来てすぐにアルバートに連れまわされたのは、旧市街地と呼ばれるエリアだ。歴史ある建物が多く、軒を連ねているのは高級店ばかり。対してこちらは、ちょっとチープだが親しみやすい店が大通りの軒下にひしめき合っている。

買い物かごを下げた女性たちや観光客。店先にはパラソルが出され、真剣に品を吟味する者や、熱心に客引きをする店員の声が飛び交っていた。訛りがきつくて、何を言っているのかわからない言語も聞こえる。

木でできたコンテナに溢れんばかりに盛られた色とりどりのパプリカ。隣には見たことのない果物が熟れた甘い匂いを漂わせている。

砕いた氷の上に並べられた魚は獲れたてで新鮮なのだろう。

おいしそうな食べ物の匂いに視線を動かせば、揚げ物や総菜を売る屋台も出ている。

(すごい！　これが、市場……！)

なんて賑やかなんだろう。

目を輝かせるリタに、屋台のおばさんが声をかけてきた。

「さあさあ、揚げたてのアランチーネだよ！　お嬢さん、おひとついかが？」

「んじゃ、トマトをふたつ頼む」

エミリオが指を二本立てる。

「おや、エミリオじゃないか！　なんだい、髭まで剃っちまって……デートかい？」

「バーカ。こいつはアルバートの女だ。俺は護衛だよ、護衛」

「護衛が買い食いなんかしてていいのかねぇ？　ってことは、もしやこのお嬢さんが噂(うわさ)の黄金瞳かい？　その瞳、もしかしてそうじゃないかと思ったんだよ！」

（う、噂……？）

進水式で人前に出ているし、リタの存在が知られていてもおかしくはない。

「だってさ、リタ。有名人だな」

親しげに軽口を叩きながら、エミリオが丸い形の揚げ物を買ってくれた。

熱いから気をつけな、とおばさんが紙で包んで渡してくれたものを、ふうふう冷まして一口かじる。カリッとした衣(ころも)の中は米とトマトソース、熱で溶(と)けたチーズが絡(から)み合(あ)い、とてもおいしい。

「セレーノ名物だ。うまいだろ？」

エミリオの言葉に頷くと、その様子を見ていた周りの店からも声がかかった。

「エミリオさーん！　こっちも寄っていってよ！」

「さっき揚がったばかりの新鮮なエビだよ！　焼いて食ったら旨(うま)いよー！」

「お嬢さん、自家製のイチジクジャムはいかが？」

エミリオは「おう！」と手を上げて応じ、店先で世間話に興じている。

その様子は、リタを連れまわしていた時のアルバートと重なった。こうやって街の様子を確認するのも彼の仕事の一環なのだろう。

リタが珍しいのか、やたらと声をかけられ、試食を勧められる。

「ほら、食えよリタ」

（え、そんなに食べたら夕食が食べられなくな、）

試食用に貰ったチーズを口に突っ込まれる。

「チビでガリガリなんだから、食わねーと大きくなれねえぞ！」

（……子ども扱い……）

もぐもぐ口を動かす。餌づけされているみたいだ。

ふと、通りの奥で叫び声が上がった。

「待てっ！」

「誰か捕まえろ！　スリだ！」

鋭い声。細身の男が走って逃げてくる。

「おっしゃ任せろ！」

エミリオはリタに荷物をぽいっと放ると、向かってくる男に当て身を食らわせた。そのまま腕をひねり上げ、うつぶせにひっくり返すと、起き上がれないように背中に膝をのせる。男は抵抗して暴れていたが、体格のいいエミリオにかなうはずもなく、あきらめて地面に伏した。追いかけていた人々が男の手から財布を取り返す。

鮮やかな捕り物劇に人々はわっと盛り上がった。

「よう！　やるねえ、色男！　……あれっ、エミリオじゃないか」

「あらいやだ、いつもより輝いて見えるよ」

「ああっ？　俺はいつも輝いてるだろうが」

軽口を叩いている間にスリを働いた男はロープでぐるぐるに縛られ、市場の人たちの手にゆだねられた。泥棒を裁くのはロレンツィ家の領分ではない。このまま警察に引き渡すのだそうだ。

《エミリオって、街の人たちに慕われてるのね》
「そりゃ、ずっとセレーノにいるしな」
喧騒から離れ、ベンチで一休みする。あれもこれもと市場の人たちが持たせてくれた品で荷物がいっぱいだ。
《ロレンツィ家にはいつからいるの？》
「俺は子どもの頃から出入りしてるぞ。親父がいたからな」
《じゃあ、アルバートともその頃からの付き合い？》
なんとなく二人は付き合いが長そうだと思って聞いてみると、エミリオはあっさり頷いた。

「そーそー。血の掟を結んだのも、そん時だしなー」

血の掟。耳慣れない言葉にリタが首を傾げると、エミリオが両手の親指と親指を合わせる仕草をした。

「血の掟っつーのは、こう、親指をちょこっと切って、ボスと血を交わすんだ。ファミリーに仕える、秘密を守る、っていう誓いを立てる儀式みたいなもんだ」

誓いを立てる儀式。秘密結社めいた響きだ。

《破ったらどうなるの？》

「粛清される。あーつまり、殺される」

さらりと言われてぎょっとした。

年端もいかない子どもが真似事でやっていい儀式じゃない、遊びじゃないんだ、と二人の親指の傷を見た大人は叱ったらしいが、アルバートとエミリオはいたって本気だったという。

「いやー、すげえ叱られた。大人はアルバートに手ェ出すわけにいかねーから、俺、拳骨くらいまくったんだぜ」

《ファミリーに入る人は、みんなその儀式をするの？》

「ああ。例外はねえ。てめえの命をかけられねえ奴に、俺たちだって秘密や情報を預けたくねえだろ」

リタに与える仕事はない、とアルバートに言われたことを思い出してしまう。

構成員たちが書類一枚だってリタに見せないのもそういう理由だろう。

「あ、けど、嫁とか愛人とかは別だぞ。結婚相手に血の掟は強要されない。マフィアの一員にならねえとアルバートと結婚できねえって話じゃねーからな」

エミリオはそうフォローする。

裏切ったら殺すなどと言われてリタが怖がっていると思ったのだ。複雑な表情のリタの頭にエミリオの手が乗った。子どもにするようにぽんぽんと叩かれる。

「……アルバートのこと、嫌いか？」

《わからない。だって、何考えてるかよくわかんないし》

「わかる！　俺も子どもの頃、あいつのことすげー嫌いだったもん。いっつもすかした顔して、人のこと見下すわ、人使い荒いわ、裏表激しいわ、クソ生意気なガキだと思ってた！」

（えっと……でも、子どもの頃に忠誠を誓ったって話じゃなかったの？）

嬉々としてエミリオはアルバートの悪口を言う。

最終的に「いや、でも、あいつ実はいい奴なんだぜ」と続くのかと思ったが、「上司としては有能だけど人間性は最低。友達になりたくないタイプ。面倒臭えもん」と最後までこき下ろした。しかし、口調からは親しみも滲んでいて、付き合いの長さゆえの気の置けなさだということはリタにもわかる。

「だから、あんたが前にアルバートのことをぶん殴ってくれたのはなかなか良かったぜ。これからも、あいつのことどんどん殴ってくれ！　俺はそれを見て留飲を下げる！」

（えええ……）

そんなことする前に怒ったアルバートに殺されそうだ。そう書くと、「殺さねえって」とエミリオは歯を見せて笑った。

「あいつ、結構あんたのこと気に入ってると思うぜ！　死ぬほどわかりにくいけどな！」

静かな執務室に紙をめくる音が響く。

地方からの報告書に目を通しながら、アルバートはリタのことを考えていた。

（まったく。大人しくしていてくれれば良かったものを……）

闇市で見た時は生きる気力を無くし、怯え、縮こまっていた少女。

優しくしてやればすぐに心を開くだろうと思っていた。甘やかしながらも、ここが危険な場所であることをちらつかせ、反抗する気力を削ぐ。そうして、アルバートの都合よく言うことを聞かせようと思っていたのに。

誘拐されて恐怖を味わったリタは、かえって生気を取り戻したようだった。部屋に閉じ込められるのを恐れ、自分の足で歩き出そうとしている。

(ロレンツィ家のことを知りたいから? 知ってどうするっていうんだ)

アルバートが求めているのは、自分の伴侶という「仕事」をこなしてくれる相手だ。別に組織のことを理解されたいとは思わない。ましてや、アルバートの心に踏み込んでくるような相手はごめんだ。

リタがアルバートと向き合おうとするたび、アルバートは真っ直ぐに見つめてくる瞳から逃れたくなる。あなたのことをもっとよく知りたいと勝手にロレンツィ家のことに首を突っ込み、そして逃げていった女性たちのようになってほしくないからかもしれない。ずるくて、計算高く、冷酷なアルバートのことなんて知らなくてもいい。

適当な協力関係が築ければ、それだけで。

ふと窓の外を見ると、門から並んで歩いて帰ってくる二人の姿が目に入った。

黒一辺倒のスーツ姿のエミリオに、エミリオの肩にも満たない身長のリタがちょこまかとついて歩いている。

そういえば、どこかへ連れ出してくれとエミリオに頼んだのだった。エミリオは髭まで剃っている。

二人は手に買い物袋を下げて帰ってきており、リタはエミリオを見上げて話を聞いている。愉快な話でもしているのか、リタの顔がくすりと綻んだのが見えた。

年相応の、屈託のない笑顔。

（ふつうに笑えるんだ）

その光景はアルバートの心をざわつかせる。

優しい言葉を言っても笑顔を向けてくれることはない。

アルバートの隣で、困ったような顔をしている時とは違う。アルバートが上辺だけの態度で接していると感じ取っているのだろう。しかし、エミリオの前では笑っている。出会った時はあんなに警戒していたくせに、ずいぶんと打ち解けたようで親しげだ。

エミリオを見上げ、スケッチブックに短い返事を綴り……とせっせと首を動かしているリタが不注意で蹴躓く。エミリオは片方の腕で軽々とリタの身体を支えた。

「あぶねーな。ちゃんと前見て歩けよ」

《ごめんなさい、ありがとう》

そんな会話が聞こえてきそうな二人に苛立ちが募る。

屋敷の中に入るまで見届けてしまったアルバートは、自分らしくない感情を持て余し、手元の報告書のささやかなミスに厳しく赤字で訂正を入れた。ただの八つ当たりだ。らしくもなく舌打ちをひとつ。

程なくして、雑なノックの音と共にエミリオが顔を出した。

「よ。戻ったぜ。ほい、これ土産」

紙袋を執務机に乗せられる。ひとつは焼き菓子、もうひとつは安っぽいブリキの人形だ。

アルバートは片眉を上げた。

「別に土産なんて頼んでないけど？」

「お前から買い物代貰ったって喋ったら、リタがなんか買って帰るべきだって言ったんだ。律儀な奴だよなー」

「ふうん、そう。お菓子はわかるけど、何、この人形？」

実用性のない玩具だ。黒髪に緑の目をした、愛嬌があるというか間抜けな顔はもしかしなくても……。

「お前に似てる、ってリタが見てたから」

「……どうせ、買って帰ろうって言ったのはお前だろ。あの子が率先して僕にこれをプレゼントしたがるとは思えない」

自分の出した声に驚く。まるで拗ねているような声だ。

ソファに座り、露店で買ってきたらしいゴムボールを飛ばして遊んでいたエミリオは声を上げて笑った。

「文句垂れるなら、わざわざ俺に頼まなくても最初っからお前が行けば良かったじゃねーか。リタのこと、気に入ってんだろ？」

「別に気に入ってないよ」

「それそれ。お前がそんなふうに拗ねること自体珍しいって。どうでもいいなら放っておけばいいし、とっとと別の場所に移せばいいじゃん」

エミリオの言葉に虚を突かれる。

そういえばそうだ。

もう進水式で島民への顔見せは済んだし、幹部への挨拶などは時期を見て行えばいい。最初の約束通り、リタをどこか地方へ移す頃合いだった。

「……そうだね。その方がリタにとってもいいだろう。早めにリストアップさせよう」

なんでもないことのように答えながらも、この屋敷に馴染もうと努力しているリタにとっては追い出されたと感じるのではないか。酷ではないか。……余計な考えがアルバートの判断を鈍らせる。リタが悲しもうが、嫌われようが、どうでもいいことのはずなのに。

ピンク、白、青、と三つのボールをジャグリングの要領でトスしながら、エミリオが「あ、それなら」と思いつきを口にした。

「だったら、俺ん家に置いとくのはどうだ？　俺も姉貴も帰ってねえから部屋は余ってるし、この屋敷からも近いし。俺ん家も掃除してくれると助かるんだけどなー」

「なんでリタにきみの実家の掃除をさせないといけないんだ。金払って家政婦を雇え。大体、きみの実家に置くぐらいなら、この屋敷に留めた方が安全だ。目の届くところにいてくれた方が僕としても安心できるし……」

「…………ほらな？　自覚してねえけど、お前、結構あの子のこと気に入ってるって」

ぽん、と投げられたゴムボールを受け止める。

……気に入ってるのだろうか？

少なくとも、これまでアルバートの周りにいた女とは毛色が違うというだけで、別に手元に置いておきたいと思っているわけじゃ……。

机の上のブリキ人形と目が合う。見れば見るほど間抜け面というか、能天気な笑顔に馬鹿にされているような気持ちになる。

なんだか妙に癇に障って、アルバートはエミリオに向かってボールを投げつけた。

5 猫とホットミルク

「助かったわ、リタ」

《ううん。こちらこそ、誘ってくれてありがとう》

修理に出していた額縁を取りに行くから手伝ってくれないかとマーサに誘われ、リタは今日も街にいた。目的の額縁はというと、スケッチブックより少し大きいくらいの物が二つ。……たいした大きさでもない額縁は口実で、リタが外出するきっかけを作ってくれたらしかった。

マーサと並んで大通りを歩く。

真新しいパン屋やオシャレなカフェなど、見ているだけで気持ちが弾む。外に出るたびに世界が広がる気がして楽しい。曇り空のせいで、天気を気にして早足で帰らなくてはならないのがもったいない。

途中、見覚えのある黒塗りの車がリタとマーサを追い越していった。

「あら、アルバート様だわ」

（えっ？）

車は、一等地に立つ格式あるホテルの前に止まる。マーサの言った通り、車から降りたのはスーツをラフに着こなしたアルバートだった。護衛と共に入り口で合流したのは、小太りの男と――華やかに着飾った女性だ。大胆に背中を開けた若い女性が甘えるようにアルバートの腕を取り、アルバートも彼女に笑顔を見せた。

「今日は会食の予定だとおっしゃっていましたけれど……。お相手の方が娘さんを連れていらしたみたいね」

マーサはなんてことのない口調でそう言った。アルバートが浮気しているわけではない、とフォローするような口ぶりで、リタも「ああ、そうなの」という顔をして頷く。

(進水式の時にも思ったけれど、やっぱりアルバートって女の人に人気よね)

アルバートの後ろ姿を見つめているのはリタだけではない。通りの向かいにあるカフェテラスでもアルバートを気にしているブロンドの少女がいる。見覚えがあると思えばミレーナだった。

リタに気が付いたミレーナは「あっ」と声を上げて立ち上がった。気まずそうにマーサとリタを見比べ、口をぱくぱくと動かしている。

「……リタ。私は隣のお花屋さんにいるわね」

マーサは何かを察したのか、そっとその場を離れた。

ミレーナと会うのは進水式以来だ。気まずく思いながらもテラス席に近寄ると、ミレーナは露骨に怯えた表情になり、リタに頭を下げた。

「あ、あのっ。進水式では、ごめんなさい……。あなたがアルバート様に相応しくないなんて、言いがかりをつけてしまって、……もう、ロレンツィ家には、近づきませんから……」

進水式で息巻いていたのが嘘のように委縮してしまっている。ミレーナは少し痩せたようだ。テーブルの上のサンドイッチは申し訳程度に齧っただけ、グラスの氷はすっかり溶けてコースターを濡らしている。

《もしかして、アルバートに何か言われた？》

脅されたのかと思ったが、ミレーナはぎょっとした顔で首を振った。

「何も。……あれから話してないし、会ってもないわ！　……私、私……知らなかった。アルバート様はいつも優しくて、紳士的で、あ、あんなふうにっ……」

言葉を途切れさせたミレーナは、思い出して気分が悪くなったのか、口元を手で覆う。

《アルバートのこと、もう好きじゃないの？》

リタはそう聞いてしまった。婚約者ぶった牽制のつもりでもなんでもなく、純粋な疑問のつもりだったのだが、ミレーナは激しく首を振って否定した。

「好きじゃない。私っ、……あ、あんな、殺し合いに、巻き込まれるのは、嫌……！　あなたにも謝らなくちゃ、って。嫌な態度をとってごめんなさい。もうアルバート様に近づいたりしないから、許して……」

まるでリタの命令で自分が消されるとでも思っているような口ぶりだった。

震える声で「ごめんなさい」と繰り返したミレーナは、逃げるように去っていく。ほとんど手つかずの食事はそのままだ。

(……あんなふうに危険に巻き込まれたら、怖がるのも無理はないのかな)

ロレンツィ家はセレーノの住人達と良好な関係を築いているし、深く彼らに関わらなければ、陽気で気のいいロレンツィ家に好意を持っても不思議ではない。だけど、彼らは決して正義のヒーローではない。

ミレーナにとっては、恋心が一瞬にして冷めるような出来事だったのだろう。

(アルバートは、誰にでも愛想よく振る舞うけど……、でも、誰にも心を許していないように見える。怖い一面を見て、逃げていく人は、これまでにたくさんいたのかも……)

それはとても寂しいことのように思えた。

「リタ？　話は済んだのかしら。ひと雨来そうだから急いで帰りましょう」

マーサの呼びかけに頷く。

ぽつり。空から落ちた雨粒が、リタの頰に当たった。

雨はあっという間にぱらぱらと降り始め、屋敷に帰る頃にはマーサもリタもすっかり濡れてしまった。

日暮れから降り出した雨は、夜には本降りになった。あっという間に雷雲が押し寄せてきて外は大荒れだ。

窓に雨粒が当たる音。ごうっと風が通る音。

遠くの方でゴロゴロと低い雷雲の音が聞こえる。広々とした部屋にやけに音が響き、リタは頭から毛布を被ってベッドにうずくまっていた。

(眠れない……！)

カーテンに透ける雷光が暗い部屋を一瞬明るくする。不穏な音はどんどん大きくなっていた。

何かあったらいつでも部屋に来ていいのよとマーサは言ってくれているが、時計の針は二本ともてっぺんを過ぎている。雷が怖いからと押しかけるには気の引ける時間だ。

――怖がりだねえ。こんなもん、すぐにどっか行っちまうよ。

昔、雷に怯えるリタに、オリガは呆れつつもホットミルクを作ってくれた。薄い毛布にくるまり、ふうふうとミルクの表面を吹いているうちに心が穏やかになったものだ。

(ホットミルク……。作ろうかな)

このまま一晩中怯えるよりもましだと思い、リタは寝巻の上にガウンを羽織った。屋敷の住人たちは寝静まっている時間だが、念のためにスケッチブックも持っていくことにする。

廊下に置かれた間接照明を頼りに、スケッチブックを抱えてそろそろと廊下を進んだ。しんと静かで、雨粒の音と雷鳴が鮮明に聞こえる。階段を降りている最中にいっそう激しく稲光が走った。

ドシャン！　と耳をつんざくような落雷音。

驚いてしゃがみ込むと、ふっと視界から明かりがすべて消える。

（えっ！）

停電だ。

（どっ、どうしよう……）

これはもう調理場に行くどころではない。しかし手探りで部屋に戻るには難易度が高すぎる……。

そうして戻ることも進むこともできずに階段でしゃがんだままのリタに、一階から懐中電灯の光がぱっと当てられた。

「……リタ？」

階段下から照らしているのはアルバートだった。今、帰ってきたところらしい。こんな夜中に階段でうずくまるリタを見て怪訝そうだ。

「…………何してるの」

こんな天気の日に脱走かい？　と、呆れたような声をかけられる。

違うわ、と立ち上がった途端、窓の外で雷光がカッとひらめいた。直後、再び大きな落雷音が響き、驚いた拍子に階段から足を滑らせてしまう。

（あっ！）

「危ない！」

――懐中電灯だけが、カンッ、と音を立てて階段を転がり落ちた。

真っ暗な階段で、リタはアルバートに抱きとめられていた。

触れ合うアルバートのスーツは少し雨で濡れていて、煙草と香水の匂いがする。甘い香水は、ホテルで一緒にいた女性のものだろうか。

「……大丈夫かい？」

嗅ぎ慣れない香りのせいで落ち着かない。

他人の気配がするスーツから、リタは急いで離れた。すぐに踵を返そうとするものの、再びの雷鳴で足が止まってしまう。

びくつくリタに、アルバートは何かを察したらしい。懐中電灯を拾うと、「おいで」とリタの手を取った。そのままゆっくりと階段を降り、サロンへと連れて行ってくれる。

どうやら一時的な短い停電だったらしく、そのタイミングで明かりが戻った。リタはほっと息を吐く。

「で、何してたの？」

アルバートの問いかけに、リタは渋々スケッチブックを開いた。

《ホットミルクを作って飲もうかなって》

「雷が怖いのに？」

なんで部屋を出てうろうろしているんだ、と言いたげな口ぶりだ。

《眠れない日に、よく作ってもらったの。でも、もう平気。迷惑かけてごめんなさい》

まともにやりとりをするのは、リタが勝手に働くと宣言して以来なので少し気まずい。

とにかく、もう大丈夫だと伝えると、アルバートは小さく溜息をついた。

「……すぐに戻ってくるから、ちょっと待てる？」

（え……？）

戸惑いながら頷くと、ソファに座らされた。

待ってて、ってことはまた戻ってくるの？

相変わらず、窓の外ではゴロゴロと不穏な音が聞こえるが、部屋にいた時ほど怖くない。アルバートと話したことで落ち着いたのか、それとも明るくて開放的なサロンにいるせいか——心なしか雷の音も遠ざかったように感じた。

クッションを抱きしめながらアルバートを待つ。

てっきり濡れた服を着替えに行ったのだろうと思っていたので、戻ってきたアルバートの手にマグカップが二つ握られているのに驚いてしまった。テーブルに置かれた中身はホットミルク。甘い湯気が立ち上っている。

（ホットミルク……！　うそ、アルバートが作ってくれたの？）

「何、その顔？」

信じられない、といった顔をしているリタに、アルバートはむっとした顔を作った。中性的な顔立ちのアルバートがそんな顔をすると、どこか子どもっぽい表情になる。

（アルバートがわたしに親切にするなんて、何か企んでいるんじゃない？）

驚きと疑いの顔でホットミルクに手をつけられずにいると、隣に座ったアルバートの手がリタの頬に伸ばされた。

アルバートの方を向くように両手で顔を包み込まれたかと思うと、

――ぎゅううう、と頬を左右に引っ張られる。

（な、何!?）

「たまには優しくしておかないと、他の男とばっかり仲良くされても困るからね？」

（他の男？　エミリオのこと？　自分が、エミリオに外出を頼んだくせに……）

「大体、何？　あの人形？　僕ってあんなに間抜け面してるように見えるんだ」

（わ、わたしは似てるって言っただけで、面白(おもしろ)がって買って帰ろうって言ったのはエミリオだし！）

むにむに顔を引っ張られて痛い。

「きみは、ちっとも言うことを聞かないから、いらいらするなあ」

そう言って離され、リタは涙(なみだ)をうっすら滲(にじ)ませてほっぺたをさすった。

痛いし、ひどいし、なんなんだこの人は。

まるで嫉妬(しっと)しているみたいな口ぶりだが、リタが思い通りにならないから、八つ当たりしているのだろう。そう思いつつも、ホットミルクを持ってきてくれたのはアルバートなりの優しさなんじゃないかと感じてマグカップに手を伸ばす。

温かいカップを両手で包み込み、ふうふう表面を吹いて、一口。

――ぐふっ、と噴(ふ)き出(だ)しそうになった。

（あ、甘いっ……）

ただ甘いだけではない。砂糖と蜂蜜(はちみつ)をたっぷり使った甘さの向こうに、ほのかなしょっぱさが感じられる。きれいに溶け切らなかった粒(つぶ)が、リタの口の中でじゃりじゃりした。

（これって、嫌がらせ？　いじめ？）

まずいホットミルクの攻撃(こうげき)に戸惑うリタを見て、

「何？」

アルバートは怪訝な顔をして、自身もホットミルクを口にした。噴き出しはしなかったものの、んんっ⁉ と顔をしかめる。

まずっ……、とぼそりと呟いたところから見るに、嫌がらせでもなんでもなく、ただ単に失敗したのだろう。よくよく考えれば、調理場に立つ必要もない身分なのだし、もしかして、はじめて作ったのかもしれない……。

（……ふふっ）

笑ってしまう。

（変なの）

アルバートがわざわざホットミルクを作って、大失敗？

いったい、この人、何がしたいんだろう。憮然とホットミルクを見つめている様がおかしくて、リタは肩を揺らして笑ってしまった。

（変な人。普段は上辺だけの言葉のくせに、似合わないことをするからだわ）

美味しいホットミルクが出てきたら、スマートな優しさにときめいたりしたのかもしれないけれど、意外な一面を見られた今の方が嬉しい気がする。

アルバートはリタの顔をじいっと見た。あまり笑うと怒られるかもしれない。そう思うけれど、おかしくて笑ってしまうリタに、

「笑った」

(え？)

「やっと笑った。はじめてだから。僕の前で笑うの」

そう言って、ふっと口元を緩めたアルバートの表情は、いつもの嘘くさい笑顔とは違う、血の通ったあたたかさがあった。優しい微笑みに、リタの心臓が跳ねる。

(……アルバートがちゃんと笑った顔も、はじめて見た)

いつもこんなふうにしていてくれれば、もっと素直にアルバートのことを信じたいって思えるのに……。

アルバートらしくないアルバートは、リタの警戒を解いた。

気まずさや、苛立ちや、もやもやし続けていた感情がほぐれる。警戒していた身体の力を抜いて、リタは《外出、許可してくれてありがとう》と書いた。

「どういたしまして。街は楽しかった？」

《ええ。とても。でも、わたし、掃除やできることは続けるわ》

「意味ないのに？」

《意味はあるわ。自分の目で、ロレンツィ家のことを知りたいの》

部屋に閉じこもっていたら知らなかったことがたくさんある。アルバートはあきらめたように肩をすくめた。

「……あっそ。逃げ出さないならそれでいいし、好きにすれば」

リタは頷く。

甘すぎるホットミルクをゆっくり飲んだ。アルバートは残していいと言ったけれど、リタが全部飲んだのを見て、アルバートも我慢して飲んでいた。

《あなたの言いなりにはならない。でも、勝手に逃げ出したりはしない。……約束、する》

アルバートは無言だったが、それでじゅうぶんだった。

嘘をつく時ほど、彼はよく喋るから。

いつの間にか雷は遠ざかり、静かな雨音だけが残る。

時計の針はもう深夜一時を回っていた。アルバートも疲れているだろうし、リタは二人分のカップを片付けるために立ち上がった。

おやすみなさい、と退出しようとしたリタを、アルバートが引き留めた。

(何？)

首を傾げたリタの顔に触れられる。

(ま、また頰をつねる気ね……！)

警戒して踏ん張ったリタのおでこに、アルバートの唇がちゅっと触れた。

「おやすみ」

(………!?)

本当に今日はアルバートらしくない。どうしたんだろう。

いや、本当のアルバートはもしかしたら……、意地悪で、うっかりしていて、優しいところも少しはあるのかもしれないと思った。

甘ったるい香水と煙草の匂いが染み込んだスーツを脱ぎながら、アルバートは今しがた別れた奇特な少女のことを考えた。

（いったい、何してるんだか……）

これまで自分にすり寄ってきた女との違いに、どう接すればいいのか困ってしまう。

ネクタイをほどき、ワイシャツを脱いでもなお、きつい香水の匂いは消えない。不愉快でソファに脱ぎ捨て、アルバートは半裸のままベッドに寝転がった。

――今日は真面目な商談のつもりで外出していたが、相手はご機嫌伺いのつもりだったらしい。

酒と女をあてがわれても、いつもは適当にあしらうが、最近は心の底から面倒になってきていた。そうはいっても、祖父の代から付き合いのある相手や、邪険にできない相手もいる。

ロレンツィ家の若いボスは未熟だと舐められないように虚飾の笑顔を張りつけ、時に脅しをかけ、時に教えを乞う若者のふりをしながら、腹の探り合いの繰り返し。

利益を求めてロレンツィ家と繋がりたい輩や、アルバートの外見に惹かれてくる女。

けれど、目の前で銃撃戦でも起ころうものなら、誰も彼もが逃げ出す。

カルディア島はロレンツィ家が守っている島だ。

カルディア島はロレンツィ家が見えないところで血を被り続けている島だ。

敵への容赦のなさは外敵への牽制に。

仲間の厳しい粛清は組織の規律を。

そのことを理解したうえで、血まみれのアルバートの側に残ってくれる人間は少ない。

構成員ですら、血の掟という契約で組織に忠誠を誓わせているのだから。

だから、ロレンツィ家とは全く関係のないリタが、打算も、媚もなくアルバートの側にいてくれることが不思議でならない。

ここから逃げ出したりしない、と書かれた文字が、人を疑い続けて疲弊したアルバートの心に染みわたった。

（よし、きれいになった）


激しく降った雨が嘘のように、今日は朝から日差しが強かった。

泥(どろ)でぐちゃぐちゃになっていた玄関(げんかん)も暑さですっかり乾(かわ)いている。ほうきで乾いた泥を外に掃(は)いていると、出かけていく構成員たちがリタに声をかけていく。

「おお、サンキュー」とか「助かる」とか。そんな何気ない一言が、リタにとっては嬉しかった。部屋に閉じこもっていたら知らなかった感情だ。風で舞い込んできたごみや葉っぱなどを集め、ふう、と汗(あせ)を拭(ぬぐ)う。

「お疲れ様」

再び声を掛(か)けられ、リタは振り返る。

構成員ではなく、アルバートだった。歩み寄ってきたアルバートがリタに手を伸ばす。

驚くリタの髪(かみ)に触れると、綿埃(わたぼこり)をつまみ上げられた。

ああ、なんだ、埃(ほこり)……と安堵(あんど)したリタの顔を見て、アルバートが悪戯(いたずら)っぽく笑う。

「……そんなに驚かないで。別にいきなりキスしたりしないよ」

（そ、そんなこと、分かってるわ！）

昨夜のことが――おでこにキスされた感触を思い出し、リタは動揺してしまう。

以前なら、アルバートの一挙一動に裏があるんじゃないかと疑っていたが、今のはただの冗談で、からかわれているだけだとわかる。

(……なんだかアルバートの態度が、少し、柔らかくなった気がする)

優しい瞳で見つめられると変な気分になった。

アルバートにどう思われようが構わないと思っていたのに、適当に結んだだけの髪や、マーサから譲り受けた飾り気のないエプロンや、汚れてもいいような地味な服装が急に気になってくる。

戸口に立てかけておいたスケッチブックを手繰り寄せ、どう反応したらいいかを悩んでいると、そんな微妙な空気を壊すように屋敷の中が騒がしくなった。

「〜〜〜このやろ、待ちやがれ!」

飛び込んできた怒声はエミリオのものだ。どだだだだ、と階段を駆け下りる音が響く。

足音は裏口の方へ向かっていた。

「なんだろうね?」

銃声は聞こえてこない。……から、多分危険なことではないのだろうとは思うが……。

なんだなんだと構成員たちも顔を出す。エミリオの後を追いかける者、部屋に戻る者、各自散っていく。エミリオの声はまだ聞こえてきていた。

　裏庭の方が騒がしく、アルバートと共に、外をぐるりと回って屋敷の反対側に向かってみる。

「あーっ、バカ！　余計に上にやってどーすんだ！」

「うるせえ黙ってろ俺だって真剣なんだよ！」

　ロレンツィ家の裏庭には目隠しの意図も込めてか、二階の窓の高さほどまで成長した木が多く植えられている。その中の一本に細身の構成員がよじのぼっているようだった。

「なんの騒ぎ？」

「アルバート様」

　事情を知る若い構成員が木の上を指差した。緑色の葉っぱの中に、白く丸い塊が乗っているのが見える。

（あ……猫だわ）

　白い子猫が、高い木の上で動かなくなっている。

「エミリオさんがあの猫を追いかけまわすから、怖がって木の上に行ったまま降りられなくなっちゃったんですよ」

「……なんでまた、猫なんて追いかけまわしてるんだ」

　アルバートは呆れたような視線をエミリオに向けた。

「だってあの猫！　しまってあったスーツを全部毛だらけにしやがって！」

「そもそも、どうして屋敷の中に猫がいるんだ？」

「知らねえ。どっかから勝手に入ったのか、誰かが拾ってきたのか……」

ギクリ、と大げさに身を竦めた構成員の一人が手を上げた。隠し事はできないと踏んだのか、自分が拾ってきましたと白状する。

「すみません。だって、雨降ってたし可哀想で……」

「で、連れ帰ってきたはいいけど、逃げられたわけ？」

「……俺の部屋の扉が開いてて……。いや、探したんですよ！　探したんですけど、見つからなかったんです」

その結果、扉が開いていたエミリオのクローゼットに潜り込んだようだった。

スーツを台無しにされたエミリオはおかんむりである。

「お前、抜け毛の掃除しろよ？　スーツについた毛、全部とれよ？」

「すすすすみませんん……」

エミリオにぺこぺこ詫びている構成員の襟元でアクセサリーが光る。

この屋敷に来たばかりの頃にリタとぶつかった青年だった。アルバートまで出てくるような騒ぎになり、おたおたとしている。

頭上にいる子猫はというと、自分に迫ってくる人間に怯えているようだった。

「おーい、その先、気をつけろよ」

「わぁかってるよ！　くそ、枝葉が邪魔だな……」

木の上にいる構成員は子猫に手を伸ばす。

子猫が後ずさった重みで枝がしなり、バランスを崩して木から滑り落ちた。リタは息を飲む。

「危ない！」

大の男たちが猫の落下地点に走り、そのまま団子になって転ぶ。

子猫は彼らの頭をクッション代わりに踏みつけて無事だった。男たちから走って離れると、大きく跳躍する。

飛び込んだ先はアルバートの胸だ。咄嗟に抱えることになったアルバートが困惑している。

（雌かな、この子……）

なかなか面食いな猫かもしれない。

「……どうすればいいんだ？」

猫を見下ろすアルバートの腕の中で子猫は丸くなっている。大冒険のせいか、白い毛並みは土埃で汚れていた。

リタは手を伸ばして、そうっと子猫の頭に触れてみる。

耳の後ろを触られるのが気持ちいいらしく、アルバートに抱かれたままぐるぐると喉を鳴らした。

「どうぞ、リタ」

(え? 抱っこはいいわ。抱いたことないから怖いし)

「なんで逃げるの。怖くないよ」

(ええ? だって、アルバートの腕の中で落ち着いてるのに……)

視線を感じて顔を上げると、アルバートとリタが猫を押しつけ合う様子を、転んだ構成員たちと、ぺこぺこ詫びていた若い青年がぽかんと見つめていた。

「何?」

「あ、いや……、アルバート様もそんな顔するんすね……」

「……どんな顔?」

怪訝なアルバートの顔は、普段よりも柔らかい。

いつも隙がなく、完璧な微笑みを浮かべているアルバートに比べるとずっと親しみやすく見えることだろう。

「すっ、すみません、アルバート様! すぐ、その猫捨ててきますから。っていうか、あの、服が……」

子猫がぐりぐりと顔を押しつけたせいで、アルバートのプレスされたワイシャツに汚れがついてしまっている。ああ、とアルバートは気にした様子もなく汚れを払った。

「……別に捨てる必要はないだろう。屋敷に置いておけばいいんじゃない？　全員クローゼットには気をつけてもらうことになりそうだけど」

無理矢理渡(わた)されたリタの腕の中で子猫がにゃあと鳴く。

「……猫毛まみれのマフィアなんて迫力(はくりょく)ねえからなあ」

「ちげえねえ」

強面(こわもて)の構成員がげらげら笑う。

拾ってきた本人は恐縮(きょうしゅく)しきっていたが、安堵したように頭を下げた。

「アルバート様、すみませんでした！　ありがとうございますっ！」

「オイ、アルバートに謝るより、俺のスーツをなんとかしろよ」

「はい！　はい、直ちにっ！」

和(なご)やかな笑いが起きる。

珍(めずら)しく構成員たちとアルバートが交流しているのを見て、リタは小さく笑った。

子猫は結局最初に拾ってきた構成員が中心になって面倒を見ることになった。と、言っても一つ屋根の下で暮らしているので、他の構成員たちも世話をすることになる。

猫毛だらけになったエミリオのスーツ——エミリオのクローゼットの中身は黒一色だった。全部同じ型のスーツなのは、上下どちらかがダメになっても着続けることができるからしい——の掃除を手伝ったリタは、午後からステファノの診察を受けることになっている。

別室で待っていたステファノは、リタの様子を見て驚いたようだった。

何かおかしいのかな、と首を傾げたリタを見て、ステファノは慌てたように手を振る。

「ああ、すみません。思っていたより、その……お元気そうだったので」

ステファノに会うのは、この屋敷に来た時以来だ。

あのときのリタはずっと下ばかり向いていたし、表情も強張っていた。元気になったリタを見て驚いたのかもしれないと納得する。

《もうすっかり体調も良くなりました》

しかし、ステファノが驚いたのは別の理由らしかった。

「それは……良かったですね。あ、いえ、そうではなく。……新聞を見て、ずっと心配していたんですよ。進水式では恐ろしい目にあったんでしょう？」

（新聞？　あ、ゼノンたちに攫われた時の……）

マフィアの屋敷で元気に暮らしているリタは、ステファノから見たらおかしいのかもしれない。ミレーナはあんなに怯えて、痩せてしまっていた。普通に考えれば、リタもこの屋敷で怯えていると思うだろう。

《ご心配をおかけしました。でも、大丈夫です》

「……私の前で無理をしなくていいんですよ」

《いえ。無理しているわけじゃないです》

ステファノは気の毒そうな顔をリタに向けた。否定すればするほど、ステファノにはリタが空元気を出しているように映るらしい。

「リタさん、あなたはうら若い女の子だ。彼らが怖くて逆らえずにいるのだろうが、犯罪者たちの考え方に染まってはいけない」

リタは驚いた。

セレーノに住む人たちはロレンツィ家には好意的だと思っていたから、屋敷に出入りしているステファノがマフィアを快く思っていない発言をするのが意外だったのだ。

《そんなこと、ないです。彼らは確かに怖いところもあるけど、いいところだってあります》

自然とリタはロレンツィ家を庇ってしまう。

犯罪を歓迎する気はないが、マフィアだからという肩書きで彼らの人間性を否定するつもりもない。この屋敷で過ごし、彼らの日常を垣間見たことで、そう思えるようになった。

地位があっても、肩書きが素晴らしくても、人を人とも扱わない人はいる。

オリガと暮らしていた時にやってきた役人たちだってそうだった。彼らは「真っ当な職業」と言えるかもしれないが、住民たちのことは税の徴収相手だとしか見なしていなかった。

ロレンツィ家は敵には容赦しないが、島民相手には暴力を振るったり、無茶なことを言ったりしない。

「その理屈が通じるのはこのカルディア島だけですよ。犯罪者にもいいところはある、でも犯罪者は犯罪者です。罪は正当化されるべきではない。……今日は、あなたにとって良い話を持ってきたんです」

ステファノは懐から手紙を取り出した。

（これは……？）

封筒には立派な大学名の入った印が押されている。

私の知人が務めている大学です、とステファノが言った。

「……もしも、あなたがここを離れたいと思っているのなら、私はあなたを助けることができる。知人にあなたのことを話したら、ぜひ、こちらに来てほしいと言ってくれたんです」

（え……？）

「彼は権威もあるし、資金だってあります。あなたをマフィアから買い取ることもできます。お金で買われるなんて気分が悪いでしょうが……、でも、あなたは自由になれるんです」

自由。

……自由？　噛みしめるように心の中で呟く。

魅力的な単語のはずなのに、リタは喜べない。

もしも、闇市で真っ先に手を伸ばされていたら、リタは喜んでその手を取っただろう。

助かった。そう思って。でも、今は……。

（ここから出ていきたくない）

犯罪者たちだし、ひどいことをするところも見た。けれど、優しい一面があることも知った。

アルバートのことも……。もっと、よく知りたいと思う。

すぐに頷かないリタを見て、ステファノは不思議そうだった。

「どうして悩むんです？　あなたは彼らの仲間ではないんですから」

仲間じゃない。

ステファノの言葉は、リタの心を的確に刺した。

少しはロレンツィ家に馴染めたと思っていた。役に立てなくても、居場所を見つけたようなつもりでいた。

だけど、どんなに彼らと親しくなったって、そこには透明なガラス一枚挟んだ距離がある。リタはマフィアの一員ではない。本当の意味でロレンツィ家の仲間ではない。

「聞けば、あなたが攫われた車でもロレンツィ家は発砲したというじゃないですか。一歩間違えれば、事故を起こして死んでいたかもしれないんですよ！」

（それは……あのときは……）

あのときは、リタはアルバートにとって便利な婚約者という肩書きでしかなかったからだ。死んでも仕方がない程度に思われていたかもしれない。

（今は？）

もしも同じ状況に陥ったら、アルバートは助けてくれるのだろうか。

認めてもらったと思っているのはリタだけで。ここに居たいと思っているのはリタだけで。……アルバートが同じ気持ちでいるとは限らない。

ここにいてくれ、とは一度も言われていないのだから。

「婚約者だなんて甘い言葉を言われて……結局、あなたは都合よく使われているんです！」

声を荒らげたステファノだが、我に返ったように咳ばらいをした。

「私は、あなたを心配しているんです。もしもここを出るのなら、早い方がいい」

一度、よく考えてみてください。

そう言って、ステファノはリタの肩を叩いた。

古い紙の匂いはリタの心を落ち着かせる。薄暗くて、埃っぽいような匂いは、オリガと暮らしていた家を思い起こさせるからかもしれない。

自由に使っていいと言われている書庫は、かなりの蔵書量だ。

本棚がずらりと迷路のように並び、あらゆる本や新聞が雑多に詰め込まれている。

歴史書に経済学の本、医学書、娯楽用の戦記物語、『素敵なパーティ料理』といったエッセイ本まで。

しかし、マフィアの屋敷という性質上、男性の出入りが多いのだろう。

女性の脚が写ったポルノ写真の類が本の間からぴらりと出てきたときは、さすがのリタも赤面して慌てた。誰かが栞代わりに挟んでいたらしい。

リタは目当ての本を探す。

ステファノが持っていた封筒の大学に関することが何かわからないかと思ったのだ。医師である彼が嘘をつく理由などないだろうが、調べたらちゃんと存在する大学だったので

その点に関しては、でたらめじゃなくてほっとした。

場所はレガリア本土ではなく、隣接する国にある。

(レガリア共和国もマフィアに対しては年々取り締まりを強化している。アルバートたちの権力もカルディア島に限られているわ)

もし、リタが本気で逃げようと思い、ステファノの提案に乗れば、逃げることができてしまう。そして、もし——もしも、アルバートがリタを追いかけてきたとしても——他国でロレンツィ家が事件を起こせば、レガリア共和国だって動かざるをえない。

危険を冒すくらいなら、アルバートはリタを手放すだろう。

犯罪者は犯罪者だ。リタは仲間じゃない——そう言ったステファノの言葉が、リタの心にじわじわと痛みを与えていた。

マフィアの一員でもなく、アルバートの婚約者と言えど、お飾り状態のリタ。宙ぶらりんで、手を離せば、この居場所はあっけなくなくなってしまう。

にゃあん、と猫の鳴き声が聞こえ、沈んでいきそうな気持ちになっていたリタはハッとした。子猫はリタの足元で誰かのネクタイを咥えていた。

(あっ、また怒られるわよ?)

今日は誰のクローゼットに忍び込んだのだろう。

戦利品を咥えた猫は、そのまま書庫の奥へ入っていってしまう。ネクタイを取り返そうと思ったリタが後を追うと、どこかへ隠れてしまっていた。

(どこ行ったのかな……)

風を感じて顔を上げると、書庫の奥、バルコニーに繋がる扉が数センチ開いている。

あそこから出たのね、と顔を出したリタは、そこにいた人物に驚いた。

白く塗られた小さなバルコニーに、午後の日差しに揺れる常緑樹が影を落とす。

柵に背を預けて、足を投げ出して座り、うたた寝をしているのはアルバートだった。

その寝顔があまりにも穏やかで、普段、まじまじと見ることのないアルバートの顔を見つめてしまう。いつもの張りつけたような笑顔がないだけで印象が違って見える。

整髪料で軽く流した黒髪に、いつもおしゃれなスーツ姿。

屋敷にいるときもアルバートは身なりに気を抜かず、いつ見ても隙が無い。……隙が無いように見せているというべきか。こんなに若いのに組織を率いていかなくてはいけないなんて、リタには想像もつかない。

子猫が膝に乗った重みでアルバートが瞳を開ける。目が合ってしまって、リタは慌てた。

《ごめんなさい、起こした？》

「この子がね」

子猫はすりすりとアルバートに身体をこすりつけている。

「この子、名前決まったの？」

《ううん。みんな、好き勝手に呼んでるわ》

拾った構成員は洒落た名前をつけたがっていたが、エミリオは毛玉呼ばわりし、マーサはネコちゃんと呼び、他の男たちも丸くなった姿がモッツァレラチーズに似ているとか、白いからシロだとか滅茶苦茶である。

なんだかんだで構成員たちに可愛がられているので、毛並みもつやつやで首輪までつけられていた。

《良かったわね。ロレンツィ家に拾われて》

「本当だよ。拾ってきた奴はこの屋敷で隠れて飼うつもりだったのかな」

《あなたに見つかった時に捨ててくるって慌てていたし、許可してもらえないかもって思ったんじゃない？》

「子どもじゃないんだから、拾った時点で情が移るってわかってるだろうに……」

アルバートが猫じゃらし代わりにネクタイを動かす。子猫が咥えて持ってきた誰かのネクタイだ。揺れるおもちゃに、子猫は喜んで飛びつく。

（情……。わたしのことも、アルバートにとっては猫を拾って屋敷に住まわせているのと大差ないのかな……）

もし、この屋敷を出ていきたいと言ったら……。そう聞いてみたいような気がしたが、冷たくあしらわれるのが怖くて、頭を振って弱気な考えを追い出す。

明るい話をしようとスケッチブックのページを改めた。

《あのね、あの後、裏庭の木の剪定をしてもらって、たくさん枝が出たの。まだ燃えにく

いから、乾いたらバーベキューでもしようって構成員の人たちが言ってたわ》
「この屋敷の庭でやるってこと？」
《ええ。外にテーブルを出して、みんなで食事会って、昔はよくやっていたんでしょう？》
古株の構成員たちがそう話していた。大勢でわいわいと騒いで食べていたと聞いて、楽しそうだなあと思ったのだ。ロレンツィ家は大勢の人間が出入りしている割には、みんなで集まって食事をする機会はない。
「ああ、そうだね。いいんじゃない？」
アルバートは反対はしなかったものの、どこか他人事みたいな反応を返す。興味がなさそうだった。
《アルバートは参加しないの？》
「僕はいいよ。きみは参加したかったら楽しんでおいで」
《どうして？》
みんなで楽しく集まればいいのに。
お節介にもそう思って食い下がってしまった。
構成員たちはアルバートのことを遠巻きにしているが、アルバートの方も彼らに対して壁を作っているように見える。

「僕がいない方がみんな気軽に楽しめるだろ？」

《そんな言い方……》

「別に、ファミリー総出で親睦会をする必要もないし、やりたい奴がやりたいようにやればいい。組織に忠誠を誓っていても、僕のことを面白くないって思っている派閥があるのも分かってるし、気を使った食事会なんて楽しくないだろうしね」

突き放したような言い方だった。

アルバートは組織の人たちと仲良くするつもりがなさそうで。

《ロレンツィ家のこと、嫌い？》

書いて、すぐに二重線で消した。

嫌いではないのだと思う。アルバートは、嫌々ボスをやっているわけではない。仕事もちゃんとしているし、彼なりに組織のことを考えている。だが、喜んでこの地位にいるわけでもなさそうだ。

うまく言葉が見つからずに手が止まってしまったリタに、アルバートは猫をじゃらす手を止めて微笑んだ。ちらりと二重線で消された質問に目を落とす。

「……僕はね、ロレンツィ家の血を引いてないって噂されてるんだ」

（え？）

驚くリタにアルバートはなんてことのない話のように肩をすくめた。

「屋敷じゃほとんどの奴らが知ってる話だ。構成員の誰かに聞けば答えてくれると思うけど……」

アルバートの父、ベルナルド・ロレンツィは恋多き男だった。

セレーノどころかカルディア島中で浮名を流し、どこかから連れて帰ってきたのが、アルバートの母親であるリヴィアだ。

艶やかな黒髪に、深緑色の瞳の妖艶な美女。彼女もまた恋多き女性で、数多の男性を袖にしてきた。そしてベルナルドとの燃えるような恋の末、アルバートが生まれた。

リヴィアにそっくりの、美しく整った顔立ちの子ども。アルバートは成長するにつれて大人たちの疑惑の目に晒された。

――あれは、本当にロレンツィ家の血を引く子どもか？　と。

ベルナルドに容姿がまったく似ていないこと。

性格も、ベルナルドが破天荒を絵にかいたような無理と無茶と無謀をするような男だったのに対し、アルバートは内向的な性格だったこと。

そして、リヴィア自身が、よその男の子どもではないかと問われても否定も肯定もしなかったこと。

幼いアルバートは、自身に向けられる視線を敏感に感じ取っていた。表向きは好意的に接してくれる人間が、裏ではリヴィアやアルバートのことを疑っていることも。

『この子はロレンツィ家の子だ』

カリスマ性のあった父と、引退しても多くの構成員に慕われていた祖父の言葉があったからこそ、アルバートは認められたようなものだ。

しかし、ベルナルドが亡くなるとリヴィアは幼いアルバートを置いてロレンツィ家を出て行ってしまった。今でも聞こえてくる奔放な噂が、ますますアルバートとベルナルドの血が繋がっていないのではないかという疑いを濃くさせている。

「確かに、僕は父や祖父には似てないんだ。顔も考え方もね。けど、二人みたいに、わがままで荒っぽいやり方では、この先の時代、生き残っていけない。実際、父も後先考えない抗争に巻き込まれて亡くなったわけだし……」

枝葉が初夏の風に揺れた。

穏やかで、世界から切り離されたみたいなちっぽけな空間にはリタとアルバートしかいない。淡々と話すアルバートの横顔をリタはじっと見つめる。

「父や祖父は……なんていうのかな。人情味ある性格で慕われていたから。だから、僕の似ていないやり方を良しとしていない人間がいるのは仕方ない。その辺りは割り切っているし、別に無理に皆で仲良くする必要はないよ」

きみのことも、と言葉を継がれて、どきりとした。

「……割り切った関係でよかったんだ。別のところで、静かに暮らしてもらうつもりだったはずなのに……」

《わたし、ここにいてもいい？》

　勇気を出して、リタはそう書いた。

アルバートがリタの頭に手を伸ばす。猫にするように撫でられ、さらさらと髪を梳かれた。

「だめ、って言えなくなってきてるから困ってる。……僕も、情が移ったのかな」

リタの心に灯がともる。

ここにいることを許されているという安心感と。

この人の側にいたい。

そんな思いが生まれて、ぎゅっとペンを握った。

嫌な部分や怖い部分はたくさん見てきたはずなのに、迷いを含んだ表情には年相応の憂いや苦悩が滲んでいて。その不安定な人間らしさが、リタの心を惹きつける。

弱く、脆い部分を支えられるような。ほんのひと時、猫を構いつけるような気持ちでもいいから、側にいることを許してほしいと考えてしまう。

(わたしはやっぱり、アルバートのことを信じたい。信じて、もし、ステファノ先生の言

う通り、手酷く裏切られたとしても……、わたし自身が納得していればそれでいいじゃない》

アルバートは孤独で、とても寂しい人だ。

……本当は一人なんかじゃない。エミリオもマーサも、もっとたくさんの人が支えてくれるはずなのに、彼がそれを拒んでいる。リタの目にはそれがもどかしく映る。

《わたし、もっとあなたのことを知りたい》

「……どうしたの？　ずいぶん積極的だね」

からかい口調のアルバートに、リタは大真面目にペンを走らせた。

《上辺だけのあなたより、弱いところや、辛辣なところもあるってわかった今の方が好きだから。ロレンツィ家の人たちも、きっと、あなたのことを知ったら歩み寄れると思う》

一生懸命ペンを走らせてしまうのは、アルバートに仲間のことを大切にしてほしいと思うから。居場所のなかったリタは、ロレンツィ家で浮いた存在であるアルバートに自分を重ねてしまっていた。

「同じこと、子どもの頃にエミリオからも言われたよ。でも、僕はそういう暑苦しい関係はごめんだし――」

《ロレンツィ「ファミリー」なんでしょ？》

投げやりなアルバートの言葉を遮るように文字を綴る。

《血が繋がってなくても、「家族」って呼び合えるのって、わたしにとっては羨ましい。だから、大切にしてほしい》

誰も彼もがアルバートの前から逃げ出すわけじゃないんだと伝えたくて、懸命に手を動かす。

「……もういいよ」

呆れたような声音。

手首を摑まれ、続きを書くのを阻まれる。

「そうやって踏み込まれるのが嫌だから、僕は人と距離をとってきたんだけど」

（………そう、よね）

お節介が過ぎた。熱弁を振るった文字の羅列を見て恥ずかしくなる。思わず、ごめんなさいと書きそうになった。

「僕のことを心配したって、きみにとってなんのメリットもないのに。マフィアの本拠地なんかに居たいって思うきみは馬鹿だよ。安全で楽な暮らしだっていっぱいあるのに、なんでこんなところで頑張ってるのか、僕にはさっぱりわからない。でも、」

溜息交じりに、アルバートが呟く。

「きみみたいな子が側にいるのも悪くないって思う僕の方が、どうかしてるのかな……」

（！）

嬉しい、という感情が真っ先に湧き上がる。

他人に懐に入られることが好きじゃないアルバートが、心を許してくれたような気になって……。うるさいくらいに鼓動が高鳴った。リタは赤くなってうつむく。

手首を掴まれていた手は、いつの間にか繋がれていた。

「……ここにいてくれる？」

問いかけに、リタはこくんと頷いた。

それって、今このときだけなのかな。それとも、これから先も、ロレンツィ家にいてもいいってことなのかな……。自分に都合よく解釈してしまいそうで困る。アルバートが繋いでくれた手を、リタからは離すことができない。

指を絡ませたままそっぽを向いているアルバートに、リタはぎこちなく指先に力を込めた。無言のまま、ぎゅっとしっかり握り返される。

子猫はいつの間にか書庫の中へと消えていて、バルコニーにはリタとアルバートの二人だけだった。

大きく切り取られた食堂の窓は、太陽の光がたっぷりと入る。

食事を手にした構成員たちが集まり始め、今日も一日が始まろうとしていた。……が、いつもとは違う光景に構成員たちは目を丸くする。

「え……？　アルバート様……？」

これまで食堂では見ることのなかったロレンツィ家のボスが、――下っ端構成員たちと同じ物をトレイに載せて歩いている⁉

朝はエスプレッソだけでいい、などと言いそうな美男子が。

お高いリストランテで、ウエイターに運ばせ慣れていそうな、いけ好かないボスが。

なんの心境の変化だ！　と、構成員たちは声と態度には出さずにざわめいた。

隅の方でその様子を見ていたリタだが、アルバートが一直線に自分の元にやってきたので驚いた。飲んでいたカフェラテをこぼしそうになる。

「おはよう、リタ」

《おはよう》

ちらちらと周囲の視線と聞き耳を立てられている気配を感じながら、リタは《どうしたの？》と問う。アルバートはリタの隣の席に座った。

「たまには食堂で食べるのも悪くないかと思って。……何か問題ある？」

《ない、けど》

「……きみが言ったんだろう？　もっとみんなと歩み寄れって」

だから仕方なく、と言わんばかりに、ツンとした顔でトマトスープに匙を入れる。どうやら、アルバートなりに構成員たちと距離を縮めようとしている……らしい。

（ちゃんと届いたんだ、わたしの言葉が……）

まさか、本当にアルバートがファミリーとの向き合い方を変えてくれるとは思わず、リタは静かに動揺した。嬉しい。甘酸っぱくて泣きたくなるような気持ちをごまかすように、リタはカフェオレのカップに口をつけ、顔を隠した。

（……わたし、この間からどうしたんだろう）

アルバートの言動を疑うどころか、ときめいたり、喜んだり、――くすぐったくなるようなこの気持ちはいったいなんなんだろう。左手に嵌められている婚約指輪は足枷のように思っていたのに、いつの間にか、大切にしたいと思うようになってきていた。

（偽物の、都合のいい婚約者じゃなくて、……ちゃんとアルバートを支えられるようになりたいな）

そんな淡い感情の芽生えが、構成員たちの視線にも怯まないような力をくれる。

周囲の視線を感じながらも、アルバートは平然とした顔で食事を続け、リタもそれに倣って素知らぬ顔で口を動かした。

予定の診療時間より、ステファノは少し早めに訪ねてきた。珍しくジャケットを着込み、ぺらぺらの診療鞄ではなく、荷物の詰まったボストンバッグを手にしている。

「――ここを出ていく決心はつきましたか？」

真剣な顔でリタに問いかける。リタが頷けば、きっとすぐにでもここを出られるように準備してきたのだろう。リタは首を振った。

《わたしはここに残ります》

この回答は予想していなかったらしい。ステファノは「なぜ？」と驚きをあらわにした。しかしすぐに納得した表情を作る。

「……ああ、脅されているんだね」

そうじゃない。リタは再び首を振る。

「じゃ、どうして断るんだい？　この機会を逃したら、一生ここから出られないかもしれない。事件に巻き込まれて、死んでしまう可能性だってあるんだよ」

ステファノの声音は真剣そのものだった。

有名な大学に保護されるより、マフィアの屋敷にいたいというリタの感覚がまるで理解できないというふうに額を押さえる。

ステファノには理解できないだろう。

でもリタはこの屋敷に愛着を持ち始めていた。もし、今、アルバートにいらないと追い出されそうになっても、ここにいさせてくれと食い下がるだろう。

《心配してくださってありがとうございました。でも、わたしは、ここにいる人たちが好きで、一緒にいたいんです》

「犯罪者ですよ」

正義感、とでもいうべきか。ステファノの口調は揺るぎない。

《わかっています。それでもわたしは、彼らと一緒にいます》

これ以上言うべきことはない。

リタの決意の固さにステファノが折れた。ふう、と息をつき、頭を垂れる。

「そうか、……ここを出た方がいいというのは、私のお節介だったみたいだね」

本当にいいんだね、と問われてリタはしっかりと頷いた。

「……すまない。私は、あなたがここから離れることに賛成してくれるんじゃないかと先走ってしまって……。気が逸って、以前話した知人をこの島に呼んでしまったんだ」

えっ、と身構える。

ステファノはがばりと頭を下げた。

「できれば、彼と直接会ってもらえないだろうか！　彼は私の研究に賛同してくれていて、あなたを迎えてくれるつもりでいたんだ。そのつもりで島に来ていて、だから、その、……」

《わたしから断ってくれ、ということですか？》

「すまない。こんなこと、頼めた義理じゃないのはわかっているけれど……」

その姿に、ステファノも本気でリタのことを心配してくれたわけではないのだと悟ってしまった。

珍しい黄金瞳を見つけたんだと知人とやらに報告し、自分の手柄にしたかっただけ。今も、彼は自分の保身のためにリタに頼んでいる。

《黄金瞳の話が嘘だったと思われたら困るからですか》

「そ、それだけじゃない。彼は世界中を飛び回っている教授だから、黄金瞳についても私よりよく知っているかもしれないし……あなたのためになるかも……」

言い訳めいた言葉に、がっかりしなかったと言えば嘘になる。

だけど、これでリタの方も踏ん切りがついた。直接会って、きっぱり断ろう。

これでステファノの自尊心みたいなものが少しでも満たされれば、この先、リタとロレンツィ家を離そうとするのもあきらめてくれるかもしれない。

《何を言われても、わたしはこの島を出るつもりはありません。それでもいいんですね》

「あ、ああ！　その瞳を見せてもらうだけでも、きっと彼も喜ぶよ！」

安堵したステファノは、そうと決まれば、とリタを急かした。

リタはもう外に出るなとは言われていない。

外出の際にはエミリオやマーサに同行してもらっているが、アルバートも以前ほどうるさく言わなくなってきた。それでも一言ぐらいは誰かに声を掛けておくべきだろうか。

《外出していいか、アルバートに聞いてみます》

「アルバート様なら、ここに来る途中、車で出ていかれるのを見ましたよ？　外出にアルバート様の許可が必要なんですか？」

もしそうなら軟禁じゃないか、と言い出しそうなステファノに、リタは首を振っておく。

再びステファノがロレンツィ家を批判し出したら困るからだ。

（一人で出かけるわけじゃないし、サッと済ませて帰ってくればいいか……）

通りかかった構成員にステファノと出かける旨を伝え、リタは屋敷を出た。

セレーノの市街地の片隅に、ソーシャルクラブと呼ばれるマフィアの溜まり場がある。

《黄昏亭》と看板を掲げた店の一階は、安っぽい木のテーブルと椅子が並べられており、構成員たちはカードゲームに興じたり、食事を楽しんだり、屋敷ではできないようなバカ騒ぎをしにやってくる。

アルバートが扉を開けると、陽気な声が上がるのが聞こえた。

「そーら！　俺の勝ちだ！」

店の中がどっと沸き、テーブル席を取り囲むように盛り上がっている。

若者たちの中心にいるのは小柄な老人だ。その向かいに座っていた若い構成員がカードを放り投げて机に突っ伏した。

「ちっくしょー！　さすがグレゴリオ様、ぜんぜん衰えてないっすね」

「あったりまえだ！　俺からしたらお前なんざ、オムツ穿いた赤ん坊同然よ」

「いや、せめてオムツは外れてるっしょ、そこまでひどくねぇっす！」

「俺に挑むなら、少なくともこんなんじゃだめだな。他の奴と練習してろ」

からかい文句が飛び交う中で、ポーカーゲームに興じていた老人――かつてロレンツィ家を率いていたボス・グレゴリオが、「おう」と入り口に立っているアルバートに声を掛けた。

「お前も混じるか？　アルバート？」

「……いえ。重要な話があると聞いたんですが？」

アルバートはグレゴリオに呼び出されたのだ。

セレーノに程近い町で隠居暮らしをしているグレゴリオがアルバートに会いに来ること自体が珍しかった。

グレゴリオは席を若い構成員に譲ると、立ち上がる。

小柄ながらもスーツを粋に着こなし、シルバーグレーの髪を後ろに撫で付けた姿には貫禄がある。凄みのある目元とは裏腹に、口を開けば気さくな性格もあってか、彼は古参の構成員だけでなく若い構成員にも慕われていた。

アルバートと差し向かいで座ると、懐から葉巻を取り出して火をつける。

たっぷりと香りを吸い込んだあと、

「俺に婚約者とやらを紹介してくれんのか？」

と、問うた。

「……帰ります」

「おいおい、あれだけ派手に黄金瞳を見せびらかしておいて、なんでじいちゃんには紹介してくれないんだ。ああ、悲しい」

セリフだけ聞けば悲しげだが、紫煙をまき散らされながらでは同情する気も起こらない。

煙を払いのけながら顔をしかめる。

「進水式にポルヴェをよこしたのはあなたの差し金ですか？」

「俺ぁ何も言ってねえよ。あいつが勝手に見に行ったんだ」

いい買い物をしたみたいだな、とにやりと笑われる。

リタを買ったことは直接報告していないが、グレゴリオの「耳」なら屋敷にいくらでもいるだろう。把握（はあく）されていても別に不思議には思わない。

……しかし。なぜだろう。他人にリタを物扱いされると微妙に腹が立つのは。

「……ロレンツィ家にとって、理想的な妻でしょう？」

「そうだな。お前さんが大切に手元に置いているくらいだ。さぞ気に入っているんだろうよ」

「ええ、気に入ってます」

するりと飛び出した言葉に、アルバートは自分でも驚いた。

（気に入ってるよ。……認めたくないけど）

一晩中抱き合っていたいとか、いなくなったら生きていけないとか、そういった激しい愛ではない。

アルバートのことを見捨てず、逃げ出さず、ただ側にいてくれるような存在。腹の探り合いをする必要のない、ほっとできるような相手だと思う。

（ああ、でも、どうかな。あの子をもっと振り回してみたい気もする。困らせるくらい甘い言葉を囁（ささや）いて動揺させたい。媚（こ）びてくるような女は嫌いだけど、リタの頭の中が僕でいっぱいになった状態っていうのも見てみたいかも）

柄にもなくそんなことを思う。

ウエイターがグレゴリオの前にミートボールのたっぷり入ったパスタを置きにやってきた。「アルバート様は何か召し上がられますか？」と遠慮がちに問われ、ワインを頼む。

銘柄を指定すると、グレゴリオは目尻に皺を刻んだ。

「お前はベルナルドそっくりだな」

「……は？　ああ、そういえば、父さんが好きだった銘柄ですね」

「ワインじゃねえよ。あいつも、嫁にはぞっこんだっただろ」

「はあ。知りませんけど」

少なくとも、他の男の子どもかもしれないアルバートを引き受けるくらい、リヴィアのことを愛していたのかもしれないが……。

「似てませんよ。父になんか」

「似てるさ。親子なんだから」

ポルヴェからもベルナルドに似ていると言われたが、グレゴリオとはニュアンスが違う。多分それは、愛情、というやつで、ポルヴェに言われたときのようにカチンとはこない。

ナプキンを襟元に引っ掛けたグレゴリオは嬉しそうにパスタを頬張った。差し向かいで食事をするのなんて、いったい何年ぶりになるだろう。

「……三年になるな。お前がボスの座について」

ベルナルドの急死から、ロレンツィ家の指揮権は先々代ボスであるグレゴリオに戻された。当時のアルバートでは組織をまとめきれなかっただろうと思う。動揺の大きかったロレンツィ家をグレゴリオが立て直し、アルバートに全権を譲ったのが三年前。それ以降、グレゴリオは田舎町に引っ込み、組織からは距離を置いている。

「どうだ。変わったことはないか」

「特に問題はありませんよ」

模範解答にグレゴリオは苦笑する。

身内とはいえ、人に弱みを見せるのが嫌いなアルバートは、いつもならその一言で会話を終わらせるが。

「……父やあなたのやり方とは違うかもしれませんが、僕は僕なりに……、ファミリーを守ります」

慣れ合うつもりはないけれど、もう少し構成員たちと歩み寄ってもいいかもしれない。縁もゆかりもないリタが、自分の居場所を見つけようともがいているのを見て、感化されたのだろうか。ファミリーに変わりはない。変わったのはアルバートの方だ。

「そうか。そんなら、それでいい」

残ったトマトソースをパンで拭い、グレゴリオは年齢を感じさせない食べっぷりで皿を綺麗にした。

「俺は前のトマトソースも好きだが、作り手の変わったトマトソースの味も悪くないと思っている。若いもんにゃ、これくらいはっきりした味のほうが好まれるだろう。そうやって味の変化を楽しむ客もいるんだ。だから、お前はお前のやり方でいい」

「……ええ」

アルバートは頷き、沈黙(ちんもく)を補うためにワインを口に運ぶ。

何気ない態度をとりつつも、聞き耳を立てていた構成員たちは多かったのだろう。二人のやり取りに一段落ついたと踏んだのか、ポーカーゲームに興じていたテーブルからわざとらしいほど明るい声が上がった。

「グレゴリオ様〜！　もう一勝負しましょうよ！」

「あ、ずりぃ、俺も俺も！」

「おう！　アルバート、お前も混ざれ」

「ええ？　いや、僕は……」

席を立ったグレゴリオに無理矢理勝負の場に引きずり出される。

「よーし、カードを切れ。アルバート、ルールはわかってんだろ」

「……ええ、まあ」

グレゴリオは上機嫌だが、こういった遊びに付き合うことのないアルバートが混じったことに、構成員たちはやや戸惑っているかのようだった。

アルバートは渋々祖父の遊びに付き合う。

掛け金はおもちゃのコインだが、最初の一巡でグレゴリオは場のコインを総取りしてしまった。ダイヤのストレートフラッシュ。アルバートの手元はツーペア。引きの強さに唖然としてしまう。

「……イカサマでもしてるんですか？」

ぽろりと漏れた一言に、同席していた構成員たちからも呻き声が上がった。

「なんなんすかね⁉　なんでグレゴリオ様だけこんなに良いカードが来るんすかね」

「まじでイカサマ疑いたくなりますよ」

「馬鹿野郎、ズルしたって面白くねえだろ！　運も実力だ！　ほーれ次、次！」

グレゴリオは異常に引きが強く、誰もかなわない。

アルバートも構成員たちと共に文句を垂れながら何度も再戦を挑むうちに、ぎこちなかった空気はいつの間にか消えていた。


「屋敷に寄っていかないんですか？」

ロレンツィ家に寄らずに帰るというグレゴリオにアルバートはそう訊ねた。

クラブに顔を出しただけでも喜ばれるくらいなのだから、屋敷に詰めている古株の構成員たちと会っていけばいいのにと思ったのだ。

「また日を改める。あまり引退したジジイが出しゃばって、まとまるもんがまとまらなくなっても困るからな」

　護衛と運転手を連れて帰っていくグレゴリオと別れ、アルバートも車に乗り込む。

　夏が近づき、ずいぶん日が長くなってきた。

　明るい夕暮れの中を黒塗りの車は滑らかに進む。

（じいさんたちへの披露目を、真面目に検討してみてもいいかもしれないな……）

　自分の結婚にあれこれ口を出されるのが嫌だと思っていたが、リタのことを紹介してみようか、などとアルバートは考えていた。

　単なる縁談除けの相手ではなく、きちんとした結婚相手として。

　屋敷に帰って迎えてくれるのが、銃を携えたむさ苦しい男たちではなく、可愛らしい妻。

　そんな未来も悪くないかもしれない。

　ぼんやりとそんなことを考えていると、ロレンツィ家の屋敷が見えてきたところで運転手が急ブレーキを踏んだ。

　人影が車の前に飛び出してきたのだ。キーッとけたたましい音が響き、反動でアルバートの尻が浮く。

「っぶねえ！」

　運転手は怒鳴った後、後ろを振り返る。

「……アルバート様、申し訳ありません。大丈夫ですか？」

「僕は平気だ。轢いてないだろうな」

「当たっちゃいないと思うんですが……」

飛び出してきた人物は立ち上がる気配がない。

外に出た運転手が「ん？」と声を上げた。

「ミレーナ嬢っすね。おおい、嬢ちゃん、大丈夫か？」

アルバートも車から降りた。派手なフリルのついた服はいつも通りだが、全速力で走ってきたように髪は振り乱してくしゃくしゃだ。

ミレーナは震えて泣いていた。轢かれかけて動転しているのだろうか。

「ミレーナ？　どこか怪我でもした？」

「アルバート様……！」

ミレーナがアルバートに縋りつく。

進水式の後、息女を危険に巻き込んでしまったことをマルツィーニ家に詫びに行ったとき、ミレーナは自分の部屋に閉じこもっていると聞いた。アルバートに抱いていた淡い憧れが粉々に打ち砕かれたらしい。色目を使ってくることももうないだろうと思っていたために、縋りつかれて僅かに驚く。

「……立てるかい？」

期待を持たせない程度に優しい声を出す。

ロレンツィ家の車に文句をつけてくるような者はいないだろうが、いつまでも道の真ん中に車を止めていては邪魔になる。

しかし、ミレーナはすぐに立ち上がらず、ガタガタ震えたまま「リタさんが」と声を絞り出した。

「リタが？」

「港で、連れていかれたんです。船、船で……っ」

「はっ？」

予想もしなかった言葉にアルバートは目を見開く。

「船に乗ったのか？　誰と？」

「わ、わかりま、せん。……私、離れたところにいて……連れていかれるのが見えて、」

「港にはマルツィーニ家の警備が常駐してるだろう。知らせたのか？　ロレンツィ家に連絡は。それ、いつの話？」

語気が強まる。

肩を強く摑まれたミレーナは、わっと泣き出した。

すでに一時間以上前の話だと分かった時には、アルバートはミレーナを車に放り込んだ。

アルバートもシートに身体を滑り込ませた。すぐに車を発進させる。

「ご、ごめんなさい、ごめんなさい、アルバート様……！」

ミレーナが怯え切って泣いているのは、すぐにロレンツィ家へ知らせなかったことを罰せられると思ったからだろう。見て見ぬふりをした理由は、もうロレンツィ家に関わりたくないと思ったから。――マフィアや裏社会のことに関わりたくないと強く思わせたのは、まぎれもなく先日の進水式の一件が原因で。

面倒でもフォローを入れておくべきだった。

なおざりにしたせいで、リタが危険な目にあっているという事実に、焦りと、混乱と、怒りが腹の中で渦巻く。アルバートはそれらを捻じ伏せ、ミレーナに向かって、優しく、笑みを……。

（……っ）

勇気を出して報せに来てくれてありがとう、と言えるようになったのは、ロレンツィ家の屋敷が見えてきてからだった。すまない、怖かっただろう、もう大丈夫だ。聞こえの良い言葉に、ようやくミレーナは泣き止む。

ミレーナは悪くない。責められるべきはアルバートだ。分かっているのに苛立ちが収まらず、アルバートは手のひらに爪を食い込ませた。

6　血の掟

港でステファノに引き合わされた人物は、リタの想像とは異なっていた。

小さめのトランクを持ち、かっちりとしたジャケットを着た厳めしい男性。

勝手にステファノのような熱心な研究者だと思い込んでいたリタは、いかにも権力を持っていそうな強気な態度に気圧されそうになった。

「はじめまして、黄金瞳のお嬢さん。私はバルトロメオだ」

自信たっぷりに差し出された手をおずおずと握る。

ステファノは自慢の娘でも紹介するように上機嫌だった。

「どうです？　バルトロメオ！　本物の黄金瞳ですよ！」

「ああ、そうだな。……それで、彼女の荷物は？　さっさと船に乗るぞ」

バルトロメオはリタが大学行きの話を受け入れてここに来たのだと思ったようだった。

ステファノが言いよどむ。

「あ、いえ……。彼女はマフィアの元に残ると」

「マフィアの元に残る？」

バルトロメオは太い眉を跳ね上げた。

「ばかばかしい。奴らと暮らしているうちにほだされてしまったのか？　たしか、アルバート・ロレンツィはやたらと顔のいい若造だったな」

ああ、なるほどそういうことか、とリタの身体を一瞥したバルトロメオが呟いた。

リタはカチンとくる。なんだ、この失礼な人は。

《親切な申し出をありがとうございました。でも、わたしは、自分の意志でロレンツィ家に残ると決めたんです》

こんな失礼な相手に世話になるくらいなら断って良かった。

むっとする気持ちを抑えてそう書くが、バルトロメオはリタの意見などどうでもいいというようにステファノに視線を向ける。

「どうなっているんだ、ステファノ？　説得して連れてくるという約束だっただろう」

「す、すまない。……リタさん、バルトロメオはね、あなたが快適に暮らせるように手を尽くしてくれるって言っているんだ。本当に、もうこんな機会はないかもしれない。考えは変わらないだろうか」

（ステファノ先生は、わたしが港まで来れば考え直すと思ったのね……）

リタがふらりと乗ってしまえるような距離に船があれば、気持ちが傾くと思ったのか。

あるいは、バルトロメオに説得してもらおうと考えたのか。

バルトロメオは高圧的で、ステファノとの力関係は上のように見えた。

おろおろとするステファノを前に、リタはバルトロメオの方を毅然と見据えた。

《わたしはここに残ります》

何を言われてもついていく気はない。

「………………」

「そうですか……」

再度の説得でもリタが頷かなかったため、ステファノは引き下がった。

バルトロメオは厳しい瞳をステファノに向ける。ステファノは困った顔をし続けていたが、やがてあきらめたように肩を落とした。

「ごめんなさい、リタさん」

（!?）

ステファノが背後からハンカチをリタの口元に押しつけた。強い刺激臭を思いきり吸い込んでしまったリタの身体がぐらりと傾く。視界が白っぽくぼやけた。

（何、これ……っ）

「できれば強引な真似はしたくなかったんですが……」

悲しそうなステファノの顔と、眉一つ動かさないバルトロメオの顔。

抗おうとするのに瞼があっという間に落ちていく。リタの意識はそこで途切れた。

気が付くと硬いベッドの上に転がされていた。薄いシーツをかけただけの寝台の上で、見覚えのない白っぽい天井が頭上にある。

（………？）

痛むこめかみを押さえ、リタはよろよろと身を起こす。

「ああ、良かった。気が付きましたか」

ステファノが心配そうにリタを覗き込んだ。

（ステファノ先生……。そうだ、わたし、先生に何かを嗅がされて……）

そのあとの記憶がすっぽり抜けていることにゾッとした。

ここはどこ？

ステファノとバルトロメオはどうしてこんなことを？

「なかなか目を覚まさないので心配したんですよ。水は飲めますか？」

側にいるステファノは、グラスに水を注いで渡してくれたが、リタは受け取らなかった。

リタの意識を奪ったのはステファノなのだ。どんなに親切そうな顔をしたって信じられるわけがない。頭痛と気分の悪さに耐えながら、リタは周囲を見渡した。

室内は、ベッドと、簡易的なソファと、テーブルが置かれているだけ。

バルトロメオは素知らぬ顔でソファに座っている。リタの手足は拘束されてはいない。抱えていたはずのスケッチブックは手元に無かった。

ふと、小さな窓に視線を向けると、茜色に揺れる水面が目に入る。

（嘘っ！　ここ、船の中だわ！）

彼らは気絶したリタを連れて客船に乗り込んだのだ。

（いつ出港したの？　ロレンツィ家の人たちは、気づいて……？）

顔色が変わったリタを見て、ステファノは落ち着かせるようにリタの肩に手を置いた。その表情も声音も、患者をいたわる医師そのものの優しいものだ。

「強引なやり方をして申し訳ない。でも、今日を逃せば、次、またいつ機会が巡ってくるかはわからないから、仕方がなかったんだ」

（わたしは行かないって言ったわ！）

リタの意志を無視したやり方――これでは誘拐だ。

ステファノを睨みつけると、悲しそうに眉をハの字に下げられる。

「……あなたは若い。彼らの考えに感化されてしまうのもわかるよ。でもね、マフィアの屋敷にいたところで、できることなんてないだろう？」

（だからって、こんな真似……！）

ステファノこそ、バルトロメオの考えに感化されているのではないか。

ステファノは再び「マフィアの側にいてはいけない」と語った。いつ殺されてしまうかわからない、危険だ、と何度も何度も繰り返す。

「私たちといれば、あなたは世の中に貢献できる」

ステファノは鞄から何かを取り出すと、リタに良く見えるように顔の前で揺らした。

中は透明な液体で満たされ、白い球体がふたつ、中を漂っている。

(何?)

その球体がくるりとこちらを向いたとき、リタの喉がひきつった。

「————ッ!」

声にならない絶叫。それは。

……眼球、だった。

虹彩の部分は鮮やかな薄紅色だ。

ステファノはその色を見てうっとりと笑みを浮かべている。

「きれいでしょう? 南の大陸で手に入れたんです。黄金瞳ほどではありませんが、この薄紅色も大変珍しい。ほら、光に当てると、まるでピンクダイヤモンドだ!」

嬉しそうに笑うステファノを見て、リタは総毛立つ。

ヒトの眼球。それがどうやって、どんな手段で、ステファノの手にあるのかと想像すると、おぞましくて吐き気がする。

ステファノはマフィアが嫌いなんじゃない。

マフィアといることで、大切な研究対象が失われるかもしれないことを懸念しているのだ。

「人の眼球の色はメラニンの量によって決まってくると言います。赤や紫の瞳は見たことがありますが、薄紅ってとても珍しいでしょう？　リタさん、あなたの瞳の謎を解明すれば、美しい瞳の色が生まれる仕組みが分かる糸口になるかもしれない。そのチャンスをバルトロメオはくれたんだ」

早口で捲し立てるステファノに、バルトロメオはもっともらしく頷いてみせる。

「そうとも。俺の元に来れば悪いようにはしない」

「ね？　リタさん。マフィアと暮らすよりもずっと安全な暮らしですよ」

（……逃げなきゃ）

安全だとは思えない。

ステファノもバルトロメオも、リタをモルモットにしか思っていないんじゃないかという恐怖が湧きあがる。二人から向けられる視線が怖い。

立ち上がったリタの手を捕まえたのはバルトロメオだった。

「……どこへ行くつもりだ」

（離して！）

抵抗すると、バン、という音と共に左頬を張られた。

首が捩れ、衝撃でリタは床に倒れ込む。

「ば、バルトロメオ、暴力は……」

「お前は黙っていろ。……まったく、手間をかけさせやがって。ゼノンたちも使えないな」

(……ゼノンたち……?)

「お前は、本当は俺が買う予定だったんだ。ロレンツィ家の横槍さえ入らなけりゃ、こんな面倒なことをしなくて済んだのに」

頬を押さえたリタは床にうずくまったまま動けずにいた。

(待って、それじゃあ、この間、進水式で襲われたのも……)

男たちは、リタの買い手ははじめから決まっていたと言っていた。

闇市でのやたらと高額な競り。値段が上がっても入札を繰り返していた二者。

その一人が、バルトロメオだったというのか。

リタは立ち上がる。

だが、その意志を叩き折るようにバルトロメオは再びリタの頬を張った。バシィ、と頭の骨まで響くような音が鳴る。顔を庇うと、その腕を掴まれ、投げ捨てるかのように床に叩きつけられた。

「躾はこうやってするものだ。ロレンツィ家で習わなかったのか？」

（……っ……）

足で頭を踏まれる。屈辱的な痛みにリタは歯を食いしばった。

（………わたし、こんな目にあってばっかりだわ）

こんな瞳を持って生まれたせいで、人目を気にして、隠れるように暮らして、売られたり、狙われたり。ろくでもないことばかり。

散々な人生だ。そう思うとなんだかおかしくて笑えた。

ふ、と唇に浮かんだ笑みが顔全体に広がる。まるでアルバートみたいだ。

笑い事じゃない状況なのにいっそ笑えてきてしまう。おかしくて、笑えて、……それから悔しくて涙が溢れた。喉の奥が引き攣れて、ぐうっと息が漏れる。こんな時でも、リタは泣き声ひとつ上げられない。

もう、何もかもあきらめてしまえば。

息を殺して、流されるまま大人しくして。昔のリタはそうして生き延びてきた。

今も、抵抗をやめれば楽になると分かっている。それなのに。

（——わたしはもう、あきらめたくない）

リタは床の上で拳を握りしめる。血の味のする唇を噛みしめ、リタは——床に這いつくばって、震えてみせた。

ぶるぶる震えて縮こまり、怯え、縋りつくような目でバルトロメオを見上げる。

もうぶたないで、ごめんなさい。逆らいません。

声が出ない代わりに、涙で訴え、すっかり委縮しきった態度をとってみせる。

「もうやめるんだ！　バルトロメオ！」

リタの哀れな様子に、ステファノが割って入った。

「こんなに怯えきって可哀想に……。私はね、暴力は好きじゃない！　きみが黄金瞳の研究をさせてくれるというから手を貸したまでで、大切な研究対象が傷つけられるのは反対だよ」

「……ふん」

「大丈夫かい、リタさん。さあ、ベッドに行こう」

リタはステファノの手を取り、震えた演技を続けた。

──隙をつくならステファノだ。

ロレンツィ家に出入りしていたのはたまたまなのか、それとも彼もゼノンたちと繋がりがあるのかはわからないが、ステファノなら良心に訴えられる気がした。

バルトロメオはリタの意見を聞くつもりがない。

逆らえばまた暴力を振るわれるだろう。でも、ステファノなら……。

（船の上じゃ逃げ場はない。このまま、大人しくして、船がついた先で逃げる……？　ううん、それとも、ステファノ先生を説得してみる？）

彼が執着する黄金瞳を交換材料にして、どうにかカルディア島に帰る方法を考えられないか。うつむいた顔の下でリタは必死に考えた。

怯えていると思ったのだろう。ステファノは宥めるようにリタの背中をさする。

バルトロメオはジャケットの袖口をめくると、高価そうな腕時計を確認していた。

「ステファノ」

「なんですか？」

「カルディア島からはもうじゅうぶん離れたな」

「……ええ、それが何か……？」

ステファノの背後にバルトロメオが立つ。

バルトロメオは振りかぶった何かをステファノの首筋に突き立てた。

深々と刺さる注射器――シリンジの中は何かの薬品で満たされている。

緊急の呼び出しがかかり、エミリオはアルバートの執務室に入った。

なんだかよくわからないが泣きじゃくるマルツィーニ家の娘と、彼女に寄り添ったマーサが部屋から出ていく。

部屋の中には、十人程度の構成員が集まっていた。

ロレンツィ家の中に明確な派閥があるわけではないが、「グレゴリオ派」「ベルナルド派」と分けるのであれば、「アルバート派」と言っていい顔ぶれだ。

「リタが攫われた」

「は⁉ 誰に？」

「ステファノだ」

アルバートは執務机の上で組んだ手の上に顎をのせている。

ステファノって誰だっけ？ 記憶を辿ったエミリオは「ああ」と地味な風貌の中年男を思い出した。リタの様子を見させるために出入りしていた医師だ。

あの医師がこの屋敷からリタを連れ出したのだという。最近はリタもエミリオやマーサと共に外出していたため、ステファノと出ていったことを見咎める人間もいなかったそうだ。

「ミレーナが目撃した情報によると、ステファノの他に、もう一人男がいたらしい。ステファノに薬を嗅がされて、ネザリエを経由する船に乗せられた」

アルバートの口調は淡々としている。

指揮する側が激高して話にならないようでは困るが、あまりにも冷静だった。

「どの船だ？　さっさと引き返させろよ」

「マルツィーニ家の船じゃない。外国船のようなんだ。今、高速船を手配させている」

「先回りして、港で待ち構えるのか。……しかし、ネザリエ経由か。まさか、そのステファノってのはゼノンたちと通じてたのか？」

「まだわからない」

　アルバートの言葉に、構成員たちは渋い顔をする。

「もしもゼノンたちが関与しているのなら、ネザリエ港はかなり警戒されているかもしれませんね」

「船で、ネザリエから離れた位置に降りて……そこから陸路か？」

「帰りはどうする。港だとすぐに追撃されそうだな」

　話を詰めていく中、

「――指揮は誰がとる？　俺か？」

　エミリオはアルバートに問うた。ゼノン一味の中に突っ込んでいくのなら、アルバートの右腕であるエミリオが適任だろう。それくらいの自負はある。

「いや、エミリオ。お前じゃない」

「……？　お前が出るのか？」

　アルバート自ら出るのかと思ったが、アルバートは別の人間を指名した。別段おかしな采配ではないのだが、エミリオは少し不満に思った。

（おいおい、仮にも婚約者って態なのに……冷てえな）

リタはいつでも切り捨てられる存在だ。死んだって別に困らない。

アルバート自ら救出に行く必要もちろんないが……。

（リタのこと、まあまあ気に入ってると思ったのに、所詮はそんなもんか）

もうちょっと心配するなりしてやれよ、と言いたくなった小言を飲み込んだ。

「武器と弾薬の準備をしてきます」

一人が立ち上がる。アルバートは頷いた。

「ああ。――二艘分頼む」

「…………二艘分？」

聞き返したのは立ち上がった人間ではなくエミリオだ。

「一艘は船を直接追いかける。もう一艘は距離を開けてついてこい。指示は無線で追って出す」

「追いかけて、どうするんだ」

「……？　直接乗り込むに決まっているだろう」

「はっ？」

こともなげに言ってのけたアルバートに、エミリオはようやくアルバートが冷静ではないことに気が付いた。口調も態度も冷静そのものだが、その瞳は氷のように冷たく、口元には微笑ひとつ浮かんでいない。──コイツ、キレてんのか！　分かりづれぇ！

小型の高速船を客船に接近させ、側面に取り付けられた梯子に飛び移れば、船に乗り込むことができる。それを、やると言っているのだ。

「いや、アルバート様、危険です」

「そうです。っていうか、リタ嬢を奪還した後、船の中でどうするつもりですか。港に着いてから奪還すべきです」

珍しくアルバートが冷静さを欠いていると察した者が止めに入る。

──組織のボスは。

冷静に状況を俯瞰して指示を出さなくてはいけない。

だが、エミリオは、今のように冷静さを欠いているアルバートの方が人間味があっていいと思う。たまには無茶を言うくらいの方が面白い。

「わかった。お前がそこまでいうなら、俺が行く」

「ええっ、エミリオさん!?」

「俺が直接乗り込む。それなら文句ねえだろ、アルバート」

──そして部下は、ボスの命令を実行する手足だ。

エミリオはそれでいいかと問うようにアルバートを見つめた。俺に命じろ、という意味を込めて、指示を促す。

アルバートは一度目を伏せたあと、凄絶な笑みを浮かべてみせた。

ダークグリーンの瞳がきゅっと細められる。


「——誰に命令している？」


ぞくりと悪寒が走った。

エミリオだけではない。その場にいた者全員が凍りつく。部屋の空気が変わった。

アルバートはいつも冷静だ。激高したこともないし、その柔らかい顔立ちもあってか、構成員たちの中には、アルバートのことを育ちのいいお坊ちゃまだと思っていた人間もいただろう。アルバートのことを甘く見ていた。だが。

「ボスは僕だ。僕の言うことに従え」

誰かが生唾を飲む。頭を殴られたように痺れるこの感覚。

エミリオは自身の血が湧き立つのを感じた。

血を捧げたボスに従いたい、従わねばならないと思わせるような、そんな苛烈さは、このロレンツィ家に君臨するに相応しい。

（……ああ、こいつは確かにロレンツィ家のボスだ）

こいつを軽んじている奴に見せつけたい。そして、アルバートの兄貴分を自称していた数分前の自分自身にも。

周りの意見を捻じ伏せるような苛烈な存在感は、過去、この部屋の椅子に座り続けてきた者たちと同じ。誰にも真似できない。誰にも代わりは務まらない。

畏怖が、興奮に変わる。エミリオはアルバートに頭を垂れ、恭順の意を表した。

「……なんなりと命令してくれ、ボス」

「僕が直接出る。ついてこい、エミリオ」

傲慢に言い放ったアルバートに、顔を上げたエミリオはニヤリと笑ってみせた。

アルバートに血を捧げたガキの頃の俺の判断は正しかった。

俺の選んだボスはこうでなくては、と。

――リタが攫われた。

ミレーナの口からその言葉が出たとき、頭が冷えた。

（最近はリタに対する監視が甘かった）

リタが出歩くのは屋敷周辺、あとはせいぜいマーサやエミリオと時々街へ出るくらいだ。無理に閉じ込めようとしなくても、彼女に出ていく意思がなさそうだと安心してしまったのだ。そして構成員たちも、リタが一人で外出しようとしているならともかく、屋敷に出入りしている医師と一緒(いっしょ)なら疑問には思わないだろう。

懐(ふところ)に入れて守るか、あるいは、安全な場所に閉じ込めるか。

どっちつかずのままで中途半端(ちゅうとはんぱ)にした結果がこれだ。

（──ステファノ。マーサの報告では、黄金瞳にずいぶん執着を示していたようだな。カルディア育ちなら別段おかしなことではないが──）

医師。黄金瞳。劣性(れっせい)遺伝の瞳。執着。研究。

導き出されそうな最悪の想像に、握り込んだ爪(つめ)が皮膚(ひふ)に食い込む。

ゼノンたちの手によって、売られることを考えているならまだ猶予(ゆうよ)がある。だが例えば、リタを囲い込むことが狙いであれば？　汚(きたな)らしい手が触(ふ)れていることを考えるだけで、頭に鉛(なまり)玉を撃ち込んでやりたい衝動(しょうどう)に駆(か)られる。

側にいて悪くない、一緒にいるのもいいかな、程度の相手だと思い込んでいた少女が、アルバートにとって、失うのが嫌(いや)だと思うくらいに大切な存在になりかけていたことに気づく。

──医者如(ごと)きが自分のものに触(さわ)るとはいい度胸だ。

冷え切った殺意が噴き出しそうになる。ああ、そうか、似ていないと言われつつも、アルバートはやっぱりロレンツィ家の人間だ。

周りの意見を聞かず、後先考えずに敵地に突っ込むような父。

組織のボスとしては軽挙すぎる。巻き込まれる側は堪ったものではないだろうと思っていたのだが、今なら、その気持ちが分かる。

「アルバート様！　すぐに出港できます！」

部下の声に頷き、アルバートは小型の高速船に乗り込む。

必ずリタは助け出す。自分の手で。

助け出して、抱きしめて。

――捕まえたら、もう、逃がしてやるつもりはない。

ぶすりと首筋に注射器を突き立てられ、ステファノは唖然としていた。

リタも、何が起こったかわからずに固まる。

バルトロメオはまるで何事もなかったかのように淡々と注射器を回収した。

「お……おい、今、何を打ったんだ……」

ステファノが問う。

バルトロメオはねぎらうように笑ってみせた。

「ステファノ。お前がカルディア島にいてくれて助かったよ。お前ならきっと、俺に連絡をとってくると思った。お前なら、研究施設や論文をちらつかせれば、食いついてくるだろうとな」

「こっ、答えろ！　私に、何をした……」

ステファノの頬を汗が滑り落ちた。

冷や汗ではなく、顔が真っ赤になり、異常なほどの汗が噴き出している。彼の指先が小刻みに震えだした。

「お前と一緒にいればすぐにロレンツィ家に目をつけられる。行方をくらませたことにして、海の底にでも沈め」

神経毒だ、とバルトロメオが冷ややかに言うと、ステファノは足を縺れさせて転んだ。

「う、うらっ、うらぎったのか、わたしをっ」

「裏切ってなどいない。はじめからお前など味方でもない」

バルトロメオはステファノの腹を勢いよく蹴りつけた。身体はくの字に曲がり、床の上を転がる。ステファノは苦しそうな呻き声を上げた。

「俺の目的ははじめから黄金瞳だけだ。研究？　この瞳にいったいいくら値がつくと思っているんだ。好事家たちがいくらでも金を出すぞ！　目玉だけでな！」

リタの脳裏に、先ほどのホルマリン漬けがよぎる。

バルトロメオが求めているのはリタの瞳だけだ。

（わたしのことも殺すつもりだ）

ロレンツィ家はリタとステファノを追う。

その間に、瞳だけ奪ったバルトロメオは逃げるつもりなのだ。

「やめろっ、せっかく、見つけた、黄、金瞳を殺すな……」

「……馬鹿な奴だ。お前は昔から研究が絡むと馬鹿になるな。おかげで扱いやすかったよ」

「そ、んな」

「そんな顔をするくらいなら、とっととそこの娘を連れてカルディア島から逃げればよかったんだ。俺を頼れば、マフィアと正面切ってやり合うことなく逃げられると思ったんだろう。自分だけが安全な橋を渡ろうとするからこういうことになる」

「だ、だだ、だましたなあああ」

ろれつの回らなくなってきた舌でステファノは激高した。

ステファノがバルトロメオの脛(すね)にしがみつく。すでに毒が回り始めているのか、身体の動きが不自然で、涎(よだれ)を垂らしながら亡者(もうじゃ)のようにバルトロメオに手を伸(の)ばした。

「チッ、離せ！」

バルトロメオがステファノを蹴る。何度も踏みつける。

リタは硬直(こうちょく)しそうになる身体を叱咤(しった)し、部屋を飛び出した。

(助けて！)

声は出ない。スケッチブックもない。

船内はがらんと静かだ。カルディア島に来た時に乗っていたような富裕層(ふゆうそう)向けの客船ではなく、もっと格安の中型船だ。薄汚(うすよご)れたラウンジにはぽつぽつと客が座っているが、話しかけるのを躊躇(ためら)ってしまうような――酒瓶(さかびん)に直(じか)に口をつけている中年の男に、煙草(たばこ)をふかしてこちらをねめつけた老人――ならず者たちしかいないような船だ。案内板のプレートも外国語で書かれている。

「待ちなさい！」

バルトロメオの声に、リタは弾(はじ)かれるように逃げる。

捕まったら殺される。

おそらく、すぐにでもリタに毒を打ち込み始末するだろう。

船はかなり沖に出ており、こんなところに沈められたら死体が上がるまでにかなりの時間がかかるはずだ。

どうしよう。

焦って行き着いた先は甲板だった。

暮れゆく海のはるか遠くにカルディア島が小さく見える。

（隠れる？　ううん、船から出るしかない！）

進水式の時に間近に見た船は、後部に救命ボートを積んでいた。海難事故に備え、救命具の設置が義務づけられたのだ、と聞きかじった話が脳裏によぎる。

救命具、ボート、浮き輪。それらを使えばここから逃げられるかもしれない。

しかし、あっという間にバルトロメオはリタを追い詰めた。たいした逃げ場もない船の中だ。

狼狽えるリタをあざ笑うかのように、バルトロメオはまっすぐにリタを見据える。

「……この船は一般客には人気が無くてね。船員を買収するのも簡単だったよ。この船で起きたことは何もなかったことにできる」

懐に手を入れたバルトロメオの手には銃が握られていた。

大学教授のはずなのに――いや、ゼノン一味と通じていたのなら、武器ぐらいいくらでも手に入れられるだろう。

「大人しく従うのなら、……そうだな、苦しまないようにしてやろう。ステファノのようにのたうち回って死ぬのは嫌だろう？」

（どうしよう、どうしたら……）

じりじりと後ずさるリタの背に、冷たい手すりがあたる。

スカートが風を受けてバサバサと膨らむ。

声は、でない。

バルトロメオはゆっくりと近づいてきた。

リタに見せつけるように彼の指が撃鉄を起こす。

……逃げ場はもう、海しかない。

足元に揺らめく海はどのくらい深さがあるのかもわからないほど、濃い藍色をして大きくうねっている。身ひとつで飛び込めば、まず助からないだろう。

「それとも、死にたくはないか？　今すぐに許しを乞えば、命だけは助けてやってもいい。どうだ？」

絶対に嘘だ。

バルトロメオはリタを殺す。

バルトロメオに殺されるくらいなら——

（言いなりになるくらいなら、ここから飛び降りた方がましよ！）

手すりに手をかけた、その時。

猛スピードで近づいてくる高速船の姿が見えた。

小型の高速船は白い水飛沫を上げながら、あっという間に船に追いつき、並走する。

高速船に乗っているのは、

「リタ！」

（アルバート……！）

助けに来てくれた。アルバートたちの船に向かって飛び降りれば助かるかもしれない、そう安堵したのも束の間。

舌打ちをしたバルトロメオは銃の引き金を引いた。リタではなく、アルバートに向けて。

ババババッ、とけたたましい連射音すべてに弾が乗っている。フルオートタイプ――バルトロメオが引き金に指をかけているだけで、連続して弾丸が発射される仕組みの銃だ。

（やめて、撃たないで！）

リタはバルトロメオに体当たりした。

銃口は逸れたが、体重の軽いリタは腕一本で簡単に跳ね飛ばされる。その隙にバルトロメオは弾倉を交換し、再び引き金を引く。

風のある船上では弾はまっすぐに飛ばない。

だが、高さと、風上というアドバンテージのあるバルトロメオの弾が流れ、運悪くアルバートの腕に被弾した。アルバートは倒れる。離れていても、赤い血の色が見えた。

(アルバートっ！)

アルバートたちの高速船は一気にスピードが落ち、攻撃されないように距離を取ろうとしている。リタたちの乗っている船からは離れていってしまう。

「こっちへ来い！」

リタは身を捩ってバルトロメオの手から逃れた。船内に連れ込まれるわけにはいかない。

このタイミングを逃せば、もう二度とアルバートに会えなくなるかもしれない。

立ち上がる。走り出す。

素早く手すりを乗り越えると、
恐怖も何もかもを蹴散らして、

——海に向かって飛び込んだ。

(…………っ！)

「リタ！」

アルバートの声が聞こえたのと同時、リタの身体は海面に叩きつけられた。

激しい衝撃に意識が飛びそうになる。

あらかじめ吸ったはずの空気がぶわりと口から飛び出し、うねるような波が身体の自由をあっという間に奪った。

(上がらなきゃ……っ)

死ぬために飛び込んだわけじゃない。

生き延びるため、帰るためにバルトロメオの手から逃れたのだ。

海面に出れば、ロレンツィ家が助けてくれる。そう信じて、リタは懸命に手足を動かす。滅茶苦茶な泳ぎでもがいていると、浮上しようとしたリタの手が掴まれ、海面に引っ張り上げられた。

びしょ濡れになった黒髪を見てぎょっとする。

(アルバート……!?)

どうしてアルバートが飛び込んでるの。撃たれたはずなのに。

リタを海面に引き上げたが、その顔は真っ青だ。左腕から出る血が、黒い靄のように海を染めていく。

「っ、つ……、だい、じょうぶかい……?」

泳げないリタなど、アルバートの負担にしかならない。

(アルバート！ どうし、よう、っ……。どうしよう……！)

リタは泣きながらもがく。

バカタレ！ という怒号が聞こえ、エミリオが荒波をぐるぐるように泳いできた。

「なんで撃たれたお前が飛び込んでるんだよ！」

（エミリオ……！）

「リタも！ 無茶しやがって！」

船上からはロープを括りつけた浮き輪が飛んでくる。頼りなく海中に浮かぶリタや、アルバートには助けてくれる仲間がいるのだ。

すぐにアルバートは引き上げられた。次いで、リタとエミリオも。

アルバートの上腕は、止血のために構成員によってぐっと縛られていた。血を流し、真っ白な顔をしているものの、アルバートは立ち上がる。

ふらりと操舵室の扉を開けたその背を追いかけた。アルバートは無線を手にする。

「リタは奪還した。……逃がすな。殺せ」

低い呟き。

リタたちのいる船を、別の高速船が抜いていった。彼らは真っ直ぐに客船に近づいていく。アルバートの指示を聞いた、ロレンツィ家の別部隊なのだろう。

揺れる船上でアルバートの身体はよろめき、リタは咄嗟に手を伸ばした。

（冷たい）

海に落ちたせいでアルバートの身体は冷え切っている。身体も、表情も、声も。

冷酷な瞳にリタが映ると、ふ、と息をはくようにアルバートが笑った。

「良かった、無事で」

その声に、リタの心臓がぎゅっと掴まれる。

操舵室を出て、ずるずるとしゃがみ込んだアルバートに、リタはしがみつくように抱きついた。

（……なんで、わたし、話せないんだろう……）

伝えたい言葉がたくさんある。

助けに来てくれてありがとうとか。怪我させてごめんなさいとか。ロレンツィ家にいたいとか。……ああ、でも、声が出せても、ぐちゃぐちゃになったこの気持ちはうまく伝えられないかもしれない。助けられてほっとしているのに、バルトロメオの末路を想像すると後ろ暗い。後ろ暗いのに、アルバートが自分のために手を汚してくれたことに、怪我をしてまで助けに来てくれるくらい思われていることに、……言いようのない愉悦すら感じて。

「リタ、」

名前を呼んだアルバートが、リタの唇を奪った。

一度、掠め取るように触れて。

驚いたリタと目を合わせた後、もう一度、確かめるように唇を重ねる。リタは拒まず、アルバートの与えてくれる熱に目を閉じた。

無感情に生きてきたリタは、もうこれまでのように生きられない。

昏く、危うい、うねる海のように底知れない世界に身を浸している。

エンジン音を上げて、船は猛スピードで海を駆け抜けた。

港につき、すぐに病院に運び込まれたアルバートは、弾の摘出手術を受けた。

出血量が多かったこと、海に落ちたせいで体温が下がったことで、手術を終え、麻酔で眠るアルバートの顔色は悪かった。

これが真冬の海だったらかなり危険だったらしい。

その日はリタも病院に泊まり、明け方、アルバートは意識を取り戻した。

アルバートのベッドに突っ伏して眠ってしまったリタは、髪を撫でられていることに気が付いて起きた。いつもどおりの変わらない笑顔を見て、ようやく安心して……。力が抜けて、また泣いてしまった。

翌日の新聞では、バルトロメオの死が報じられていた。

知人であるカルディア島の医師ステファノと諍い（いさか）の末に決裂（けつれつ）。勢いあまって毒殺しようとしたものの、罪の意識か、それとも罪が発覚することを恐れ（おそ）たのか、持っていた拳銃（けんじゅう）で自死を図（はか）ったとみられる……、そういうことになっていた。

――もちろん、リタやロレンツィ家との関わりはすべて消されている。

レガリア本土の新聞社では、大学教授の起こした事件として大きく取り扱われているが、ここ、カルディア島の地方紙では小さな扱いだ。ステファノがかろうじて一命を取り留めたらしいことがほんの数行にまとめられていた。

リタは新聞を折り畳（たた）むと、ドレッサーの引き出しの中にしまった。

涙は出ない。

でも、忘れてはいけないと思った。

自分が関わったことで命を落としてしまった人がいたことを。そういう世界に身を置いているのだということを。

唇が、憂（うれ）いを帯びた吐息（といき）をこぼす。

それから、顔を上げて。鏡に映る自分をしっかりと見つめて。

リタは、今日を生きる。

《みんな、お見舞いに来ないのね？》

総合病院の特別室。

入院しているアルバートの病室にいるのはいつもリタだけだ。

正しくはリタと、事件の後からつくようになった護衛の二人だけ。アルバートの護衛は交代で部屋の外に立っている。

「まあ、たいした怪我でもないし」

《そういうものなの？》

「怪我も入院も、ロレンツィ家にしてみたら日常茶飯事だから。じきに退院だしね」

死にかけているわけでもあるまいし、生きているならそれでよし、という感覚だそうだ。

それに、とアルバートが悪戯っぽく笑う。

「リタが見舞いに来てくれるから、邪魔しに来ないでって言ってあるんだ」

（えっ？）

「それで？　今日は何を持ってきてくれたの？」

アルバートの視線を受けて、リタは紙袋を持ち上げた。

ここに来る前に市場に寄って買ってきたオレンジだ。店で味見させてもらったら、実がぎっしり詰まっていて美味しかった。

皮を剝いて皿に乗せると、食べさせてくれとねだられた。

フォークに刺してアルバートの口元に運ぶ。

（……わたし、いったい何してるんだろ……）

そう思いつつも、腕を動かすと痛いのかな、とか、怪我をしたのはそもそもリタを助けに来たせいだし……などと、たくさんの言い訳を重ねて、結局、アルバートの頼み事を聞いてしまう。

これでも、リタは真面目に看病しているつもりなのだが、アルバートはへらへら笑い、護衛は壁際で空気になるように存在感を消しており、なんだかとても――とても、恥ずかしくなってきた。フォークと皿をアルバートに押しつける。

《もう自分で食べて！》

「えー？　こんなに優しくしてもらえるなら、怪我するのも悪くないと思ったんだけど」

《じゃあ、これからは優しくしない！　だから、》

怪我しないで。

ためらいがちに書いた字を見てアルバートは肩をすくめた。

「それは無理だよ。いつ死んだっておかしくないと思ってるし」

さらりと言われてリタは押し黙る。

包帯を替えるのを手伝ったとき、アルバートの身体に傷がたくさんあるのを見た。縫合の痕や、火傷の痕。涼しい顔の下には、危険を乗り越えてきたであろう過去が生々しく刻まれていて。

裸をじろじろ見られるなんて恥ずかしいな、とアルバートは茶化したけれど、リタは、アルバートがいつ命を落としても不思議じゃない世界にいるのだと知ることになった。病院のベッドに横たわるアルバートを見る経験なんて、何度もしたいものじゃない。

《未亡人にしないでよ》

自分でフォークを口に運んでいたアルバートが噎せた。

「未亡人て……」

《わ、わたし、あなたの花嫁なんでしょ？》

いずれ結婚するつもりなんだと思っている。アルバートの気が変わらなければ——いや、リタ自身が、そう望んでいるから。

《だから、ちゃんと側にいさせて。あなたの隣を、わたしの居場所にしてほしい》

プロポーズみたいなせりふを書きなぐりながら、リタの頬はじわじわと赤らんだ。

大怪我してまで助けに来てくれたのに、これがリタの自惚れだったら恥ずかしすぎる。

ペンを置いてうつむいたリタに、いつまでたってもアルバートからの返事はない。やっぱりリタが勘違いしてるだけなんじゃないかと視線を上げると——

（え？　待ってよ、どうして照れてるの）

口元を覆ったアルバートは怒ったような顔をしてそっぽを向いていた。

驚くリタの顔を見て、アルバートは不機嫌そうにリタの頬に手を伸ばす。

「なんできみから言うの？　そういうのって、普通、僕から言うものだろう？」

（そ、そんなこと言われたって……）

「危ない目にあったのに僕の側にいたいなんて、きみは馬鹿だよ。どうやってロレンツィ家から逃げ出さないようにしようか考えてたところだったのに、全部台無しだ」

（前も思ったけれど、アルバートの八つ当たりって子どもっぽい！）

怒ったように頬を引っ張られて、リタも照れ隠しで抵抗した。

——でも、側にいていいんだ。

痺れるように甘ったるい感情が胸を焦がす。

この人の側にいたい。

そのために、リタはもうひとつ、アルバートに言わねばならないことがあった。

《あの、お願いがあって、》

「何」

《わたしと、血の掟を結んでください》

「………！」

アルバートが真顔になる。

じゃれ合っていた空気は一瞬にしてかき消えた。

「血の掟の話、誰から聞いたの？」

《エミリオ》

「あいつ……。……それ、本気で言っているの？　マフィアの一員になりたいって意味だよ？」

リタは顎を引いた。

（アルバートがわたしをいらなくなって、どこかに簡単に追いやってしまえるような関係じゃだめなの）

勝手に出ていくことは許されない。執着されて、裏切ったら殺されるくらいじゃないと、アルバートと同じものを見ることはできないだろう。

アルバートは……、悩んでいるような、躊躇っているような。どう断ろうかではなく、どう受け止めるべきなのかを迷っているような、そんな表情を見せた。

「……僕はきみのことが好きだよ」

好き、という言葉にリタの気持ちが浮上しかける。

けれど、アルバートの表情は重く、暗い。「好きだよ。でもごめんね」と続きそうな沈黙に、握りしめているスケッチブックの端が手の熱を吸ってしんなりとしてきた。

緊張を孕んだリタの手元を見て、アルバートは優しく微笑む。

「普通にきみを妻としてロレンツィ家に迎え入れて、家庭を築いてみるのも悪くないなと思える。でも、組織の一員に——犯罪者の仲間にしたくない」

アルバートは視線を窓の外に逃がした。

ロレンツィ家の跡継ぎであるアルバートはたくさんのしがらみに縛られている。

好きだから、側にいたいから、……そんな淡い感情なんて沈んでいきそうなほど暗くて深い色をした瞳に、西日の赤が差し込む。赤。血を連想させる光に縁取られた横顔は、いつでもここからいなくなってしまいそうなほど儚く滲んで見えた。

「もし……、考えたくもないことだけど、この先、僕が捕まるようなことがあっても、内縁の妻なら事情聴取くらいで釈放されるだろう。でも、ロレンツィファミリーの構成員なら、そういうわけにもいかない。きみも共犯として罰せられるようなことがあるかもしれない。そういう可能性に、巻き込みたくないと思う」

その答えに、リタは首を振る。

リタを所有物として扱っていたアルバートらしからぬ答えだ。

《もう巻き込まれているわ。今さら、あなたたちと無関係なふりをするつもりなんてない。あなたと同じものが見たい。一緒に、ロレンツィ家のために何ができるか考えていきたい

の》

アルバートを繋ぎとめるように、リタはベッドの上に投げ出された手を掴む。アルバートの瞳に、決意の表情を浮かべている自分の顔が映っていた。

「……そっか。……そうだね、それなら僕も覚悟を決めよう」

(覚悟?)

覚悟がいるのはリタの方なのに、アルバートになんの覚悟がいるのだろう?

首を傾げたリタに、アルバートは小さく笑い――ベッドサイドの貴重品入れから折り畳みナイフを取り出した。

「きみは、掟の結び方を知っているね?」

互いの指を傷つけ、血を交わし合う儀式。

頷くリタの表情を見て、アルバートは美しい黒檀の柄を握った。

薄い刃先が、アルバートの親指に傷をつける。

渡されたナイフを受け取り、リタも見様見真似で刃を当てた。斜めに走った傷口から、一拍遅れて赤い血が滲む。アルバートはリタの手を持ち上げた。

「――きみは、我々の決定に従い、規律を遵守し、秘密を守ることを誓うか?」

厳かな誓いのようにアルバートの声が響く。

瞳を逸らすことなく、リタは頷いた。

「いついかなる時も、ロレンツィ家の名誉を守り、ファミリーに尽くすと誓うか？」

（……誓います）

頷いたリタの親指に、アルバートの親指が押しつけられる。

血を混ぜ合うために、何度も何度も。指と指を絡め、親指の傷を重ね合う。

その様子を、リタは陶然とした頭で見つめた。

傷が擦れて痛いはずなのに、その痛みすら心地いい。

裏切ることは許されないこの絆は、破れぬ誓いは、リタに居場所を与えてくれる。

やがて指先が離れていくのを名残惜しそうに見つめていると、アルバートに手首を引かれた。バランスを崩してベッドの上に倒れ込む。ぎゅっと抱きしめられた耳元で、アルバートが呟いた。

「——ようこそ、リタ。ロレンツィ家へ」

出会った時と同じ言葉。でも、意味も、重さも、まるで違う。

あたたかくて、切なくて、苦しくなるような想いが胸を満たす。

うん、と答えた声は形にはならなかったけれど、芽生えた感情を抱きしめるように、リタもアルバートの背中に手を回した。

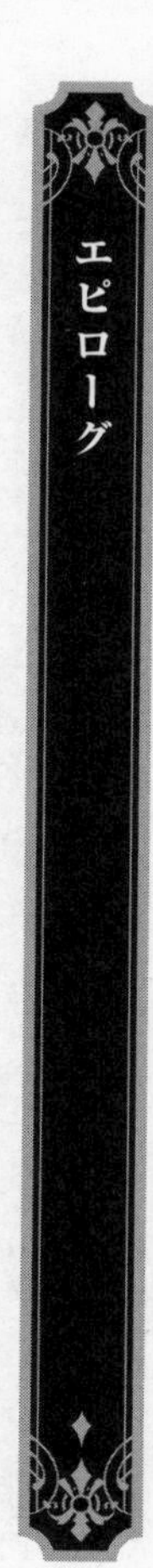

エピローグ

教会の扉が開かれる。

ベールの向こう側、バージンロードの両側にロレンツィ家の関係者がずらりと参列しているのが見えた。誰も彼もきっちりと正装し、懐に銃など持っていませんと言わんばかりの清廉潔白な顔をしているのがなんだかおかしい。

にゃあん、と聞こえた鳴き声に視線を動かせば、隅の方で猫を抱えた構成員の姿が見えた。

(教会に猫を連れ込んで大丈夫なのかな)

そんな心配が頭をよぎったが、今、リタはそれどころではない。

ドレスの裾を踏んで転ばぬよう、慎重に歩みを進める。

リタのエスコート役を務めるエミリオが「猫を手放すなよ。式を台無しにするなよ」とそちらの方に一瞬険しい視線を送って前を向いた。

天井に描かれたモザイク画の隙間からは柔らかな光が降り注ぎ、リタの行く道を照らす。その先で待っているのは、真っ白なタキシードに身を包んでいるアルバートだ。

祭壇の前で待つアルバートは、エミリオからリタの手を受け取った。

端正な顔立ちに甘い微笑みを浮かべられ、どきりと胸が高鳴る。

（……見た目がいいって、ずるい）

花婿がこんなに格好良かったら花嫁なんて霞んでしまう。けれど、黒髪を撫でつけた顔立ちがリタの知るアルバートよりもずっと大人っぽく見えて――教会にいるせいだろうか、こんなに優しい顔をできる人だったかな、と小さな違和感が生まれた。

パイプオルガンの音と共に、参列者が讃美歌を歌う。僅かに感じた違和感はすぐにかき消された。

（わたし、本当にアルバートと結婚するんだ）

血の掟を経て、ロレンツィ家の「家族」になるのと、伴侶としてアルバートの「家族」になるのはやっぱり少しニュアンスが違う。

ついにこの日が来たんだなあ、と感慨深い気持ちでいっぱいになる。

出会って色々なことがあったけれど、この日を無事に迎えることができて良かった。たくさんの思い出がリタの頭の中をよぎる。

怒ったアルバートの顔や、照れたアルバートの顔。色んな人たちと出会ったこと。ロレンツィ家で過ごした日々に、旅行に出かけた記憶……。

（あれ？）

知らない記憶が混ざっている。

式は滞りなく進む。司祭の聖書朗読を経て、誓いの言葉だ。

厳かに司祭がアルバートに問いかける。良き時も悪き時も。病める時も、健やかなる時も、死が二人を分かつまで妻を愛することを誓いますか？　と。

「誓います」

微笑みを浮かべたアルバートの返事。

リタ、と司祭はリタの名前を呼ぶ。リタの視界に靄がかかった。

「あなたは良き時も悪き時も、――ロレンツィ家の決定に従い」

（……あ、れ……？）

「病める時も、健やかなる時も、規律を遵守し、秘密と名誉を守り……」

聞き覚えのあるフレーズに、あっ、とひらめく。

（血の掟でアルバートが言った言葉だわ）

……そこでようやくリタは、これは自分の見ている夢なのだと気が付いた。

道理でアルバートが大人びて見えると思った。青年らしい爽やかさと、組織を率いるボスらしい風格が感じられるようになっている。振り返ることはできなかったが、参列者たちから向けられる視線も温かいものだ。

アルバートの目にリタはどう映っているのだろう。もしも本当にこんな日が来るのなら、アルバートを支えられるような存在になれているのかな……。そうなっていたいと思う。

「――死が二人を分かつまで夫を愛することを誓いますか？」

どこか遠くから聞こえる司祭の言葉に、リタは口を開く。

「誓います」

忘れかけていた自分の声は、教会の中ではっきりと響いた。

血の掟を誓った時には出せなかった声。

震えた喉に手を当てる。リタの意識はそこで覚醒した。

リタはアルバートの肩にもたれかかるようにして寝ていたらしい。

瞼を押し上げると、バルコニーに投げ出された二人の足が視界に入った。夕暮れ時の風が頬を撫でていく。

「あ、起きた」

《ごめんなさい。寝ていたのね》

書庫の奥のバルコニーは、静かで、滅多に人が来ないため、リタもすっかり気に入っていた。ここはアルバートが子どもの頃からの秘密の隠れ場所だったらしく、時折こうして二人だけの時間を過ごす。

リタは伸びをした。

着ているのは黒のジャケットにフレアスーツ。まだまだ着慣れない「仕事着」だ。

ロレンツィ家の一員になったリタは、事務仕事を統括している部署で勉強させてもらえることになったのだ。帳簿つけや書類の整理などを教えてもらっている。一日の仕事を終え、つい気が緩んで眠ってしまった。

「疲れて居眠りするくらいこき使われてるの？」

《まさか！　すごく親切に教えてもらっているわ》

「ふうん……？　親切に、ねえ……」

不穏な空気になりそうだったので、リタは慌てて立ち上がった。

望んで働かせてもらっているのに、リタの上司に文句をつけられては困る。アルバートの婚約者ではあるけれど、組織の一新入りとして扱ってほしいとリタから頼んだのだ。

血の掟を結んだばかりのリタが、いきなり幹部の席に座るわけにいかない。

仕事も、アルバートとの関係も、ゆっくり進めていけたらいいと思っている。

結婚式なんてまだまだ先の話。それまでに、自分の言葉で誓いの言葉を言えるようにならなくては。

喉をさすったリタに、アルバートは心配そうな顔を向けた。

「なんの夢見てたの？」

《えっ、どうして？》

「すごくびっくりした顔で喉を押さえてたから。……大丈夫？」

確かに驚いたけれど、嬉しい驚きだった。

《うん。大丈夫。すごく素敵な夢だった》

いつかあんな未来が訪れたらいい。

堂々とアルバートの隣に立ち、このスケッチブックが要らなくなる未来。

秘密の会話めいたやりとりはリタだけの特権なので、こうしてアルバートと肩を寄せ合い、スケッチブックを覗き込むことがなくなるのは寂しい気もしたが――きっとその頃には、もっと大切な二人だけの時間ができているかもしれない。

うつむいて、何もしなかった日々はもう終わり。

バルコニーから裏庭に視線を向けると、散歩から帰ってきたらしい子猫の姿が見える。

その迷いのない足取りは、ここが帰ってくるべき家だとわかっているかのようだった。

Ｆｉｎ．

あとがき

本作をお手に取って下さってありがとうございます！

こちらは受賞作を大きく改稿し、『リタが居場所を見つけるまで』の部分をぐっと掘り下げて書かせて頂いた物語です。女の子が綺麗になる瞬間を書くのがとても楽しく、外見も内面も成長していく様子が描けていたら嬉しいです。叱咤激励&的確なご指導で併走して下さった、前担当I様、Y様、新担当O様、編集部の皆さま。本当にお世話になりました。

冬臣先生。細部まで美しいイラストを拝見する度に感激しておりました。幸せです！

デザイナー様。校正様。営業様や書店様。選考に携わって下さった方々。多くの方のご尽力に感謝いたします。この本を読んで下さった方に楽しい時間を過ごして頂けますように。そして、マフィアものが好き！　という同士の方が一人でも増えますように。

深見アキ

本書は、二〇一九年にカクヨムで実施された「第二回ビーズログ小説大賞」で入選した『ロレンツィ家と声をなくした少女』を加筆修正したものです。

■ご意見、ご感想をお寄せください。
《ファンレターの宛先》
〒102-8177 東京都千代田区富士見2-13-3
株式会社KADOKAWA ビーズログ文庫編集部
深見アキ 先生・冬臣 先生

B's-LOG BUNKO
ビーズログ文庫

●お問い合わせ
https://www.kadokawa.co.jp/（「お問い合わせ」へお進みください）
※内容によっては、お答えできない場合があります。
※サポートは日本国内のみとさせていただきます。
※Japanese text only

今宵、ロレンツィ家で甘美なる忠誠を
恋のはじまりは銃声から

深見アキ

2020年11月15日 初版発行

発行者 青柳昌行
発行 株式会社 KADOKAWA
〒102-8177 東京都千代田区富士見2-13-3
（ナビダイヤル）0570-002-301
デザイン 横山券露央・濵村憲司（Beeworks）
印刷所 凸版印刷株式会社
製本所 凸版印刷株式会社

ISBN978-4-04-736257-4 C0193

定価はカバーに表示してあります。
◇◇◇